灰の世界は神の眼で彩づく
俺だけ見えるステータスで、
最弱から最強へ駆け上がる
KAZU
illust. まるまい
俺はその横のキューブを見つめる。
それは今まで見たことのない状態。
黒い液体の中に白い液体が垂らされて
混ざらずに反発し合っているような見た目。
禍々しいまでのオーラを放ち、
侵入すら拒絶する。

CHARACTERS
銀野レイナ《ぎんの・れいな》
天地灰《あまち・かい》
龍園寺彩《りゅうえんじ・あや》

天地凪《あまち・なぎ》
王偉《ワン・ウェイ》
アーノルド・アルテウス

銀野レイナ
ぎんの・れいな
「……揉む？」
「灰さん説明してください！」
龍園寺彩
りゅうえんじ・あや

灰の世界は神の眼で彩づく 3

～俺だけ見えるステータスで、最弱から最強へ駆け上がる～

KAZU

OVERLAP

CONTENTS

The Gray World is
Colored by The Eyes of God

第一章 ▼ 雷光と共に 003
第二章 ▼ ライトニング 005
第三章 ▼ 頂点と稲妻 026
第四章 ▼ S級認定と追放 085
第五章 ▼ IN上海IN中国 127
第六章 ▼ A級キューブ 187
第七章 ▼ 眩しい日常、暗い闇 214
第八章 ▼ 貫くための力 280

イラスト／まるまい

第一章 ▼ 雷光と共に

誰かを守る力があるのなら、彼は迷わず誰かを守るだろう。

それは、彼には誰かに守って欲しかったと強く願い続けた過去があるから。

どうしようもないこの世界で、誰でもいいから助けてほしい。

そう願い続けた彼は、まるで呪いのように目の前で困っている人がいたら己の命を捧《ささ》げてでも助けてしまう。

昔の自分を見ているようで、昔の自分を助けてあげたくて。

それは自己満足なのかもしれない。

偽善と呼ばれる行為なのかもしれない。

それでも彼は——救いたい。


むせ返るような暑さの夏。

日本の首都東京は、突如襲撃を受けた。

神の眼《め》を持つ少年——天地《あまち》灰《かい》を殺すために、滅神教《めつじんきょう》の大司教と呼ばれるS級4人が日本を襲来したのだ。

それを迎え撃つは日本のS級3人。

日本ダンジョン協会会長またの名を拳神・龍園寺《りゅうえんじ》景虎《かげとら》。

そして日本最強、黒龍こと天道龍之介《てんどうりゅうのすけ》。

最後の一人は白銀の氷姫、銀野《ぎんの》レイナ。

戦いは熾烈《しれつ》を極めたが、レイナの母ソフィアの登場で戦況は一変する。

母にトラウマを持つレイナは戦意喪失し、まるで幼子のように泣きじゃくることしかできなかった。

その窮地を救おうと現れたのはA級攻略者であり、ギルド『アヴァロン』の副ギルドマスターの田中一誠《たなかいっせい》。

だがA級ごときでは、S級の戦いに割って入ることはできなかった。

レイナを庇《かば》う形でその胸をソフィアに貫かれる田中。

「逃げろ、レイナ君……灰君のところまで……」

日本を照らし続けた炎はここで消えようとしていた。

この窮地を救うことはその場にいる誰にもできなかった。

だから。

「──ライトニング」

雷光と共に彼がくる。

田中一誠の胸が貫かれた映像をテレビで見た灰は、沖縄の病院で受けていた治療を中断し、立ち上がる。

「伊《い》集院《じゆういん》先生、絶対に助けてください。俺の大切な人なんです。絶対に死なせたくない人なんです。だから――」

灰は立ち上がり、先生の影を踏む。

そして目を閉じた。

新しい力の使い方を自覚して、そして体にまるで稲妻を纏《まと》う。

バチッ！

「なにを……!?……どうする気じゃ!?　灰君!?」

灰が新たに得た力の一つ。『ライトニング』。

闇を払うため、雷光となって移動する。

その速度は。

「――ライトニング」

稲光と同じ。

◇東京

「みえますでしょうか、今我が国のS級達が滅神教《めつじんきょう》の大司教を名乗る人物たちと戦っています。一体日本はどうなってしまうのでしょうか。もし彼らが敗北したとき、我が国はどうなってしまうのでしょうか……」

ヘリの上からの中継は日本中、そして世界中に届けられる。

灰を恨む声はいつしか消えて、彼らの勝利を願う声しか日本には響かない。

だが、そんな願いをあざ笑うかのようにその瞬間も電波にのって届けられた。

日本一のギルド、アヴァロン。

その副ギルドマスターであり、実質的な代表の田中一誠。

日本でS級を除けば一番有名な攻略者といってもいい。

その田中が、滅神教《めつじんきょう》の凶刃に貫かれ、その命の灯が消えそうになっている光景が日本中に届いていく。

「田中さん！　田中さん!!」

「レイナ、あなたが言う通りにしないからよ。……あら、まだ息があるのね、さすがですね、田中さん。だから早く楽にしてあげます」

「い、いやぁぁ!!　やめて、ママ!!」

ソフィアの右手が倒れる田中へと向けられる。

かろうじてまだ息をしているが、膝をついて田中の命をかき消そうとしている。

レイナはそれでも動けなかった、体に力が入らない。

泣き叫びながら許しを請うことしかできなかった。

「くっ！　どけぇぇ!!　ローグ!!」

「それはできんな。確か田中だったかな、A級のくせにこの戦いに割って入るからだ」

「一誠さん!!　くそぉぉ!!　お前らぶっ殺されたくなかったらどけぇぇぇ!!」

「ははは！　黒龍!!　ここであいつは死ぬんだよ!!」

天道も景虎も間に合わない。

先ほどのミスで、より戦局は悪くなる。

ここで田中を失い、レイナを失えばソフィアの参戦によってもはや戦局は決してしまう。

そしてその手が真っすぐと田中へと向けられた。

「レイナ……君、はや……く……ゴホッ！」

「田中さん！　血、血がぁぁ!!　やめて、ママ！　やめて!!」

レイナは田中の血で染まっている。

混乱し、何も考えられない。

そしてソフィアの手が振り上げられ、振り下ろされそうになる。

「じゃあね、田中さん。あの世で主人によろし――!?」

その時だった。

バチッ！

振り下ろされる手を、片手で突如現れた男が止める。

体に稲妻のような光を纏い、その目は黄金色に輝いて。

「やめろ……」

ソフィアの凶刃を正面から受け止める。

「この人は俺の大事な人なんだ、絶対に死なせない」

ソフィアの手を握り止めたのは、雷を纏った少年の手。

田中の炎が作り出した田中の影の上に突如現れる。

「灰？……なんで……」

涙でよく見えないレイナはその背を見てつぶやいた。

見たことがある背中、でも一回り大きく見える。

それでもその背中は、間違いなく灰だった。

「灰君!?」

「坊主!?」

その声に天道と景虎が驚き叫ぶ。

灰はスキル『ライトニング』を用いて田中の影へと転移した。

昇格試験を終えた後、すぐに飛んでいけるように薄れゆく意識の中で灰は田中の影を踏んでいた。

そして今、『ライトニング』というスキルを手に入れた灰が田中の影へと瞬間移動した。

「田中さんから離れろ!!」

「くっ!」

灰は、驚き理解できない表情のソフィアを蹴り飛ばし、田中を抱き上げる。

そしてレイナが作り出す影を一度踏み、そして一言唱える。

「――ライトニング」

◇沖縄
「灰君!?　一体どこ――うぉぉ!?」

「先生!　絶対に助けてください!　お願いします!」

灰はそのまま田中をベッドの上に優しく置いた。

伊集院先生は、驚き理解はできなくても目の前にいる患者が瀕死《ひんし》の重傷だということだけは理解した。

そしてそれは田中であることも。

「な、な!?……いや、わかった、任せろ。何もわからんが君は東京にいって帰ってきたんだな？」

「はい、田中さんを助けてください！」

「これはひどい……だが、まだ死んでいない。これなら……。よし！　ここは任せなさい！」

灰は先生の目を見て頷《うなず》いた。

すぐに先生は治療を始めてくれる。

「お願いします――ライトニング」

そして再度唱え、レイナの影へ。

◇東京
「え？」

それは一瞬の出来事だった。

レイナも、景虎も天道も、誰も理解できない現象。

灰が現れたと思ったら田中を連れてまた消えた、と思ったらまた現れた。

「会長、天道さん！　田中さんは、治療を受けています。……きっと大丈夫です！」

「灰君《かい》……お前さんは一体……」

「景虎、今のはなんだ。何が起きている」

今の一瞬を見てローグも何が起きたか理解できなかった。

高速移動とも違う、まるでその場から消えたような、それはまるで転移のような。

「儂《わし》にもわからんよ。男子三日あわざれば刮目《かつもく》して見よ。灰君は一日にしたつもりがついに2、3時間でここまで変わってくるとはのぉ。目つきまで……ガハハ」

「そうか、あれが……。写真では随分弱そうに見えたのだが、顔つきもそして目もまるで歴戦の戦士ではないか。あれがあの方がおっしゃっていた天地《あまち》灰……か」

「あぁ、頼りになる。もはやこの国を任せられるほどになぁ!!」

憂いのなくなった景虎とローグが再度戦う。

「坊主……そうか、お前……。助かる、これで心置きなく戦える!!」

それは天道も同じこと。

レイナに気を配り集中できていなかった日本最強の黒龍は、安心して背中を任せられるその少年の登場で本当の力を発揮する。

「レイナ……もう大丈夫」

灰はその銀色の髪の2人の女性の間に立つ。

「灰……」

レイナはその背を見つめた。

「やっとあの日の恩返しができる……レイナ、君は覚えていないけど……ずっと言いたかった言葉があるんだ」

灰はにっこり笑って振り向いた。

「助けてくれてありがとう、今度は俺が守るよ」

泣きじゃくって、血で染まっているレイナは、その灰の笑顔を見て少し落ち着く。

「うん……」

レイナはコクッと頷いた。

「あなたが誰かは知りませんが……倒させてもらう」

（銀色の髪……この人……レイナに似ている？……）

灰はレイナの実力は知っている、それでもこれほどボロボロになるなんてそれほどの強敵には見えなかった。

むしろ、敵とはいえ綺麗《きれい》だと思ったし、どことなくレイナに似ていると感じた。

「あなた……灰？　もしかしてあなたが天地灰なのかしら？」

レイナが灰の名前を呼んだのを聞いて、その女性は驚いたように灰を見る。

灰はその質問に答えた。

「そうだ、俺が天地灰だ」

「そう……ふふ。そうなのね……じゃあ――」

直後その女性が薄ら笑いを浮かべたと思うと灰へと全力で走りこむ。

「——死ね」

その速度から間違いなく彼女がＳ級の実力を持つことが灰にはわかった。

灰の目の前でその手を振り上げる、今まで戦ってきた敵の中でトップレベルに速かった。

でも。

「——ライトニング」

「!?」

雷光の速度には程遠い。

「!?……どこに！」

灰を見失ったソフィアは周囲を見渡した。

灰は先ほどの攻防で、ソフィアの影を踏んでいた。

そして発動した自身も苦しめられた『ライトニング』。

目の前で突如消えた灰、速いという次元ではなく文字通り目で追うことすらできなかった。

「女性を殴るのは嫌だけど……大切な人を守るためなら、俺は全力で戦う」

相手は狂った集団、滅神教《めつじんきょう》。

加減できるほどの余裕はないが、可能なら殺すのではなく、無力化したかった。

灰はソフィアの後ろへと転移する。

「しまっ――!?」

それに気づいたソフィア、しかしすでにもう遅い。

背後から全力の手刀がソフィアの首を殴打する、ソフィアの意識を刈り取ろうとした灰の攻撃。

あの日の景虎《かげとら》の言葉を思い出す灰、本当は殺さなければならないのだろう。

でも灰は選ぶ。

強者にしか取れない選択を。

「ガハッ!?」

その衝撃でよろめいたソフィア。

しかし、切り離されそうな意識でなんとか踏ん張り、反撃の蹴りをくりだす。

「……やっぱり、あなたは戦いの経験はないんですね。まるで素人だ……」

だがその蹴りは、初動で止められ威力を完全に封じられた。

別に灰が達人というわけではないのだが、それでも多くの戦いから十分に経験は積んでいる。

その灰から見て、ソフィアの攻撃はお粗末としかいえなかった。

戦いの動きが素人の女性のそれなのだ。

もちろん、S級。

その一撃は鉄筋コンクリートすらも破壊する。

しかし、だからこそ体の使い方ひとつで1から100まで威力が変わるし、そんな大振りな蹴りなど当たる気がしない。

（それにやっぱり……）

灰はその目を輝かせ、ステータスを見た。

名前：銀野《ぎんの》ソフィア
状態：狂信
職業：封術師
スキル：封印術【上級】（魔力＋489706）
魔　力：23050
攻撃力：反映率▼25％＝12189
防御力：反映率▼25％＝12189
素早さ：反映率▼25％＝12189
知　力：反映率▼25％＝12189
装備
・黒王狼《こくおうろう》の毛皮ドレス＝防御力＋20000

「その封印術……レイナの魔力を奪ったものか」

灰はステータスを見て理解する。

レイナに封印術を施したのは、この人だと。

そしてステータスにある名は銀野。

会長達の話と合わせると、やはりこの人は――。

「そう、それがわかるってことは……やっぱりあなた特別な力があるのね。先ほど消えたのもその力なの？」

「さぁ、どうでしょう。それより、あなたはレイナのお母さんですね。なぜ娘をこんな目に」

「娘だからよ、最愛の」

「理解できません。行動と言っていることが違いすぎる」

「別に理解されようとは思わないわ!!　本当の愛も知らない子供に!!」

灰に摑まれている足を無理やり払ってソフィアは再度灰に殴りかかる。

灰はフーウェンの時、滅神教《めつじんきょう》相手に言葉の説得は難しいことを理解した。

ましてや今は戦闘中、だから、諦めたようにつぶやいた。

「――ライトニング」

「!?　また!!」

振り上げたソフィアの腕。

しかし、目の前から灰が消える。

そして、次に現れた位置は、自分の真下、影の上。

ソフィアが振り上げたことによってできた頭上の太陽からの影の上だった。

灰は、右こぶしに力を入れる。

魔力の流れを全て読み切り、最もガードが薄くなったソフィアの腹へ。

「後でゆっくり話しましょう、娘さんと一緒に！」

「ゴホッ!?」

その一撃が、ソフィアの意識を刈り取ることは容易だった。

ソフィアはそのままうずくまって、地面に倒れこんだ。

「……あとは」

それを見届けた灰は、すぐに周りを見渡す。

右では会長と滅神教《めつじんきょう》だろう軍服を着た男が戦っている。

左では、天道《てんどう》がＳ級の鎧《よろい》を着た騎士と、赤毛の魔法使いによる挟撃をうけている。

「まずは……」

バチッ！

「な!?　どこから!!　ソ、ソフィアは!?」

灰は天道を苦しめているそのウィザードの影を見る。

視認さえできれば、人の影だろうが、その上に転移することは可能だった。

「あっちで倒れているよ、よくもこんなに人を殺したな」

灰は周りの死体を見る。

どれも焼け焦げており、この炎の魔法使いがやったことはすぐに分かった。

灰は怒りがこみあげてくる。

「く、くそ!!」

これほど接近されたウィザードにこの状況に対処する方法などない。

必死に火の玉を掲げようとするが、そんな時間を与えるわけがない。

「ウィザードを倒すのには慣れてるんだ。それと……殺しすぎだ!! お前らは!!」

灰は、そのウィザードの顎を魔力を込めた拳で貫き一撃のもと気絶させた。

「よくやった、坊主!! 覇邪一閃《はじゃいっせん》!!」

それにより余裕ができた天道の一撃が、守りを固めていたゾイドの剣ごと貫いて、その鎧の男を一刀両断した。

「まさか……一瞬で形勢が……」

それを見たローグが、驚きの表情で周りを見る。

先ほどまで勝利が目前だったのに、灰の登場でソフィアは敗れフレイヤも一撃で倒された。

その上あの黒龍相手にゾイドだけでは荷が重く、その必殺の一撃で敗れ去る。

形勢は逆転し、もはや戦えるのはローグのみ。

「どうやら、儂《わし》らの勝ちのようじゃな」

「そのようだな、まさか一手ですべてひっくり返るとは……」

ローグは少し諦めたように肩を落とす。

もはや自分達の勝利はない、正体不明の力を持つ灰《かい》、黒龍、そして拳神相手に逆転の手はない。

「投降する気はないか、ローグ。命まではもしかしたら……」

「……いや、投降はしない。それが私の最後の意地だ。ではな、景虎」

「なぁ!? ま、待てローグ!!」

その一言と共にローグは、短剣を自らの心臓に突き刺した。

血と共に、膝から崩れ落ちるローグ。

景虎がすぐに駆け寄り、倒れるローグを抱える。

「なぜじゃ、ローグ……」

「……わからない……何か……靄《もや》のようなものが……晴れた気がする。私は……ただオリヴィアを救いたかっただけ……なの……に」

そして光の無かったローグの目に一瞬光が取り戻される。

しかしその光はすぐに消えて、ローグの命はその場で終わった。

「バカ者が……あっちでオリヴィアに怒られてこい……」

景虎はしばらく目を閉じる。

そっとローグの顔に手をかざしその目を閉じさせた。

だが、すぐに立ち上がる。

「戦いは終わった！　すぐにけが人の治療を！　被害は大きいぞ！　だが……まずは我々の勝利だ!!」

景虎がこの場の勝利を高らかに宣言した。

拳を上げるようなパフォーマンスは電波にのって日本中に伝えられる。

確保したのは2人。

フレイヤと名乗る魔術師と、レイナの母のソフィア。

「し、勝利です！　突然現れた雷のようなものを纏《まと》っている少年の正体はわかりませんが、その助力によって今滅神教《めつじんきょう》を退け勝利しました！　我が国の守護者たちが勝利したのです!!」

テレビ中継によって灰のことは世界中に知れ渡る。

その力と特異性、そして存在していることが国へ与える危険性も。

だが今はこの戦いに勝利したことだけが、国民の胸に刻まれる。

「私達の国が世界的大犯罪組織、滅神教《めつじんきょう》の大司教と呼ばれる幹部クラスを倒したのです。これは長年世界中を苦しめてきた——え？　なにあれ」

アナウンサーがその勝利を世界中に伝えようとしていたときだった。

それは起きた。

空から何かが降ってきた。

音の壁も突き破りまるで隕石《いんせき》のような速度で、人のような何かが降ってきた。

「くっ……ま、まだ……」

灰に顎を打ち抜かれたフレイヤがふらふらとした様子で立ち上がる。

灰はそれに気づき、すぐに構えてもう一度気絶させようとした。

もはや戦えそうにはないが、それでもS級。

剣を構えて、スキルを発動しようとした瞬間だった。

それは空から落ちてきた。

「ガハッ!!」

空から降ってきた何かによって、フレイヤはつぶされた。

血をすべて吐き出して、体を貫かれ絶命する。

その衝撃はまるで隕石が落ちたように周囲を吹き飛ばし、瓦礫《がれき》も周辺のビルも吹き飛ばす。

「な、なんだ!!」

瓦礫が吹き飛び、灰と天道、景虎は目を細める。

砂煙が舞い起こり、視界が悪い。

「ママ!」

レイナは混乱しながらも、その衝撃で飛ばされそうになった気絶している母を抱きしめた。
その衝撃がやみ、舞い上がった砂埃《すなぼこり》が落ち着いた。
その中から現れたのは人だった。
「……まさか、この人は」
灰が見たのは攻略者だった。
世界一有名な攻略者だった。
そして、そのステータスを見た灰は絶句した。
「なんだ……この化物」
それは、米国人だった。
今世界で最も有名で、世界で一番傲慢で、そして世界で一番──。
「……アーノルド・アルテウス……お前がきてしまったのか」
──強い男。
景虎《かげとら》がその男の風貌を見た瞬間つぶやく名前。
それは味方の名前ではあった。
一応は人類の味方ではある。
ただし、そんな優しいものではない。
それは破壊の権化の名前。
所属は米国であり、アメリカ人。ただし、軍には所属していない。

それでも日本の救援要請を受けてきてくれたのだろうことは景虎にもわかった。

自由の国を代表するかのような世界で一番自由な『暴君』。

個人の力のみで、国すら亡《ほろ》ぼす本当の世界最強。

「超越者……暴君アーノルド・アルテウス……」

灰はその存在を知っている。

この世界の頂点はS級、しかしそのS級の枠に収まらないものが存在する。

何十億といる人類の中で、たった5人しかいない最強の一人。

魔力100万超え、その存在はこう呼ばれた。

『超越者』、神と呼ばれるS級すらも超越した存在。

『ふぅ……久しぶりに寿司《すし》でも食いてぇからってOKしたら……なんだもう終わりかけかよ。まぁ一応仕事するか』

首をコキコキとならすその男は、天道や景虎ですら比較にならない2メートルはあろう隆起した筋肉の巨人だった。

サングラスをし、髪は丸刈りで剃《そ》り込《こ》みが二本入っている。

体には入れ墨が所せましと入れられており、Tシャツに短パン、そしてサンダルと、まるでビーチにでも遊びに行くようなラフな格好で空から降りてきた。

その巨人がこちらを振り向いた。

その視線の先にはレイナがいる。

正確には、レイナの母を。

そして、踏み込むアーノルドが音すら置き去りにする速度でレイナ達の前へ。

『――んじゃ、死ね』

「レイナ!!」

灰が叫ぶと同時に、レイナがアーノルドの前に立ちふさがる。

倒れて意識が朦朧《もうろう》としているレイナの母、ソフィアを守るように。

一瞬拳を止めるアーノルド。

『HEY、JAPANESE。そこどけ。プレジデントのオーダーだ。滅神教《めつじんきょう》を全員ぶっ殺せってな』

その拳がソフィアの前に立ちふさがるレイナにも向けて振り上げられる。

「どかない！」

『OK。死ね』

その世界最強の拳がそのままレイナに襲い掛かる。

一切の戸惑いはなく慈悲もなく、すべてを破壊する最強が。

アーノルド・アルテウスは米国最強、そして世界最強だ。

俺もその圧倒的な暴力を海外の番組で見たことがある。

いわく、彼一人でS級１００人分は強い。

いわく、彼一人にすら米軍は敗北する。

いわく、彼を止める手段はなくアメリカ大統領ですらただお願いすることしかできない。

彼の前に法はなく、彼の前に敵はいない。

ただの一度の敗北もなく、その無敵の体に傷すらなく、苦戦した戦いすらも記録にない。

『超越者』、神と呼ばれるS級すらも歯牙にも掛けず天上天下唯我独尊。

彼に対抗できる戦力は、世界に5人と存在しない。

魔力測定器の限界測定値、99万９９９９を超える存在。

二つ名を、『暴君』。

人類にとって幸いだったのが、彼が世界を支配しようなどと考えておらず、ただやりたいように生きたいように生きているだけであること。

米国はありとあらゆる財を使って彼のご機嫌を取っている。

その代わり、彼にお願いをする。

聞いてもらえなければそれまでの、ただの提案。

ただし細かい依頼はできない、というよりは聞いてもらえない。

だから対象を殲滅《せんめつ》する。

それが最も彼に適した依頼だった。

行動した場合は必ず任務を遂行する。

S級キューブのダンジョン崩壊をたった一人で殲滅するという任務すらも完璧に遂行した。

それが米国最強の覚醒者、暴君『アーノルド・アルテウス』。

その最強が来た理由は、日本から米国大統領へのお願いだった。

壊滅的なダメージを東京に与え続ける滅神教《めつじんきょう》から日本を救ってほしい。

そして米国は承諾し、アーノルドに依頼した。

彼ら滅神教《めつじんきょう》は、生け捕りにしてもどんな拷問をしても絶対に何も話さない。

自爆テロまで繰り出してくる狂信者。

ましてやS級を捕獲しておける安全な檻《おり》など世界にない。

ならば殺すしか選択肢はなかった。

だから世界最強の国は、世界最強の暴君に依頼した。

『滅神教《めつじんきょう》を全員殺してほしい』

その結果が、これだった。

『HEY、JAPANESE。そこどけ。プレジデントのオーダーだ。滅神教《めつじんきょう》を全員ぶっ殺せってな』

アーノルドがソフィアを殺そうと腕を振り上げた。

それを防ぐように、レイナが前に立ちはだかる。

『確か……レイナだったか？　この国のS級だったな……HAHA、顔が良いんで覚えてたぜ。いつもは警告なんざしねぇが、特別に一度だけだ。次はねぇ、そこをどけ』

「……どかない!!」

レイナはそのアーノルドのプレッシャーの前でも毅然《きぜん》と立ちはだかる。

暴君アーノルド・アルテウス、誰にも制御できない化物を前にしても真っすぐ目をそらさない。

自分を殺そうとした人を守ろうとしているのだから傍《はた》から見れば不思議な行動だろう。

でも、レイナが涙を流して精一杯その小さな体で守ろうとする。

それはきっといまだに母が好きだからなのだろう。

心の奥底に封印しても、忘れられない記憶があるからなのだろう。


俺は少しだけその気持ちがわかった。

あの海で流した綺麗《きれい》で、寂しい涙の意味も。

だから。

「絶対にどかない！」

『ＯＫ、死ね』

バチッ！

俺が守るんだ！

『ＨＥＹ、なにをしている？　ＪＡＰＡＮＥＳＥ？　お前らが泣いて助けてくれって言うからきてやったのに。さっきから何だその態度は』

そのままアーノルドは、拳をレイナもろともソフィアへと下ろそうとした。

しかしその拳は止まった。

「止まってください、もう殺す必要ないんです」

なぜなら俺がライトニングを発動し、アーノルドの背後にできている影へ瞬間移動したからだ。

まるで山のようなアーノルドの背の後ろから剣を喉元へと突き立てる。

それを見て振り上げられたアーノルドの拳が止まる。

俺は拙い英語で、ここは引いてくれと精一杯単語をつないだ。

「Ｓｔｏｐ……いや、フリーズ！」

その俺の行動に、アーノルドが笑いだす。

手刀を振り上げた右手とは逆の手でサングラスをつまむようにしてあげて、振り返って俺を見た。

その目は、蒼《あお》く自由の国の血が流れていた。

『HAHAHAHA!! いつぶりだ、俺に剣を向けたバカは!! それが何を意味しているのかわかってるのか? 戦争する気か? この俺と』

「何を言っているかわからないけど……あなたを止めます、彼女を殺さないでくれ」

それを見ていた景虎が英語で叫ぶ。

『アーノルド! とまってくれ!!』

その声は間違いなくアーノルドには届いていた。

『OK……』

OKという単語を聞き取れた俺は少し安堵《あんど》した。

しかしそれは勘違い、突如アーノルドの身体《からだ》から魔力の放流が起きる。

紫色の禍々《まがまが》しいまでの魔力。

『止《や》めてほしいなら! 止めてみなぁぁ!!』

アーノルドがそのまま手のひらを伸ばしナイフのようにしてにやりと笑う。

喉元に剣を向けられているのに、全く意にも介さず、止まらない。

「なぁ!?」

俺は仕方ないと、剣を持ち替え全力でその腕に突き刺そうとした。

バカげた魔力の中でそれでも魔力が薄い場所、つまり急所のはず。

しかし通らない。

まるで鉄を殴ったような埒外《らちがい》の硬さ。

魔力が薄いところですら化物のような、魔力の放流が俺の魔力を帯びた攻撃など激流に水鉄砲を撃ったかのように無効化してしまう。

（くそ！　なんだこの硬さ！）

止めることは不可能だと理解した俺は、レイナに叫ぶ。

「レイナ！　避けろ!!」

しかしそれは意味がなかった。

なぜなら彼女は母を守りたいのだから、避けたらそのまま母が死ぬのだから。

だからレイナは目に涙を溜《た》めて、それでもそこから動こうとしなかった。

レイナも光の盾を発動する。

しかしその銀の盾は、飴細工《あめざいく》のように砕け散り、アーノルドの矛がレイナに届く。

「まにあわ――――!?」

『Ｂｙｅ』

その手刀がレイナを貫こうとした時だった。

俺はライトニングを発動して、転移しようとする。

景虎《かげとら》会長も、天道《てんどう》さんも止めようとこちらに走ってくる。

しかし誰も間に合わない。

「レイナ！」

最も近くにいたその人以外は。

「え？」

レイナが後ろから突き飛ばされる。

それはソフィアだった。

レイナを突き飛ばし、アーノルドから守った。

つまり、貫かれたのは。

「ママ？　ママ!!」

ソフィアだった。

アーノルドの凶刃に貫かれ体から力が抜ける。

『……ミッション完了だな。Ｈｅｙ、Ｂｏｙ。かっこよかったが、止められなかったな！　一応頭潰しとくか』

アーノルドはその手を抜き取り、再度振り上げる。

だが、再度アーノルドは止まる。

『ＨＡＨＡＨＡ！……まるで悪役《ヒール》だな。なんだ？　俺は殺せと言われたから殺しただけだが？』

しかし、その手を景虎会長と天道さんが２人がかりで止めた。

「坊主!」「灰君《かい》!」

俺はその意図を理解する。

すぐにレイナと、血を流すソフィアさんを抱きかかえた。

『逃がすわけねぇだろ、どけぇ!!　カス共!』

直後アーノルドが天道さんと景虎会長を振り払い、俺達へとその化物じみた魔力で襲い掛かる。

捕まったら死、その速さは音速戦闘機よりも速い破壊の権化。

誰も逃げられない暴力の化身。

「――ライトニング」

でも俺なら稲妻となって逃げられる。

「か、灰君!?」

転移した先、そこは病院だった。

目の前にいるのは、田中《たなか》さんと伊集院先生。

よかった、田中さんは一命をとりとめている。

「田中さんよかった。でも今は!　先生!　この人を!!」

俺はすぐにソフィアさんをベッドに横たえて、先生に治療を依頼した。

傷は深いが、この人なら助けられるかもしれない。

先生は、テレビで状況を見ていたようですぐに話を理解してくれた。

「わかった！」

だが俺には不安があった。

それは、ステータスで見たアーノルドのスキルの一つ。

「治癒の魔法がきかん……なんだこれは」

俺はやはりと目を閉じた。

アーノルドのステータスを見た時、あいつのスキルに、回復阻害というスキルがあったからだ。

もしそれがそのままの意味なのだとしたら、きっと治癒の魔法は効果がないのだろう。

俺は神の眼《め》で見つめるが緑色の治癒の魔力が、アーノルドの紫の魔力に邪魔をされてうまく回復できていない。

ソフィアさんの状態には、回復阻害とあった。

俺はその詳細を見つめる。

属性：状態
名称：回復阻害
効果：自身より知力が低い覚醒者の回復系魔法を無効化する。
解除条件：術者（アーノルド）が解除、もしくは意識を失う（死亡含む）。

「こ、これでは……もう助からん……内臓が……」

「……回復阻害。やっぱり治癒が効かない」

そこには回復阻害の詳細が書かれていた。

そして案の定、こういった持続タイプの共通的な解除方法も。

それはアーノルドを倒せという、世界一無茶な解除方法だった。

「ママ！　ママ!!」

レイナが目を閉じて青くなっていく母を呼ぶ。

「ゴホッ……レイナ……ここは？」

その呼びかけに応えるように、ソフィアさんが目を覚ます。

「ママ！」

「……波の音、懐かしい匂い……それにレイナ……」

この病院は海に隣接している。

というか俺達が泊まったホテルの目と鼻の先だ。

開いた窓から波の音と潮の匂いが漂ってくる。

「沖縄です。ソフィアさんが結婚式を挙げたホテルのすぐそばです」

すると田中さんがソフィアさんに伝えた。

ここが沖縄であり、思い出の場所だということを。

「田中さん……そうですか……何かモヤのようなものが晴れた気がします。私は許されないことをたくさんしたのですね、曖昧ですが覚えています……死ぬのは当然ですね……すみません、田中さんにもひどいことを……それにレイナにも」

そういうソフィアさんは、レイナに手を伸ばそうとする。

レイナはソフィアさんの手を握り返した。

俺はソフィアさんのステータスを見る。

案の定、狂信という状態が死という文字に変わっている。

やはり狂信は、死の間際解除されるのだろう。

「ママ！　ママ!!　私、私!!」

「レイナ……ごめんね……たくさんひどいことして……ごめんね。言い訳になるけど、それが一番あなたのためって思い込んでたの。ごめんね、たくさん痛い思いさせてごめんね」

「ううん、ママのせいじゃない……死なないでママ!!　死なないで!!」

レイナとソフィアは手を握り合う。

レイナは大泣きし、ソフィアさんは全てを諦めたような表情だった。

それでも必死に笑顔を取り繕う。

そんな余裕があるような傷ではない、痛みはもはや振り切っている。

それでも死に行く母は娘に心配をかけたくないと笑顔を作っていた。

俺はその光景が目に焼き付く。

そしてかつて見た狂信のステータス詳細を思い出す。

属性：状態
名称：狂信
入手難易度：——
効果：思考を誘導され、催眠状態に陥る。
解除方法：術者が死ぬか、解除する。
もしくは対象者の死が確定するほどのダメージを受ける。

きっとソフィアさんも、この術者にレイナを殺すことこそが正しいと教え込まれたのだろう。

でもきっとそれは、自身が殺すことだけで、アーノルドに殺されることは違ったのかもしれない。

もしかしたら土壇場で娘のために狂信を破ったのかもしれない。

あの行動がとれた理由はわからないが、ソフィアさんは最後の最後で狂信を破った。

それはきっと最愛の娘のために。

その時、田中さんが俺に提案した。

「灰君、頼みがある。２人をあのホテルの屋上まで連れて行ってくれないか？　君の力で。

そこでせめて……頼む」

俺はその意図を理解した。

ここから昨日宿泊したホテルまではライトニングのスキルを使い、影を移動し続ければ一瞬だ。

俺はソフィアさんを抱きかかえる。

そして。

「先生、レイナ。失礼します」

「な、なんじゃ!?」

俺は伊集院先生と、レイナに触れた。

そしてライトニングを連続発動させて、影を繋《つな》ぎあのホテルの屋上まで移動した。

そこは綺麗《きれい》な庭園だった。

大きな銀色のベルと多くの彫像や人口の川のような自然をうまく使った空中庭園。

俺はレイナとソフィアさん、そして先生をベルのオブジェの横にまで転移させる。

「なんじゃ……いきなり……」

「先生、すみませんが治療を続けてください。俺がなんとかしてきますから、治癒をし続けて延命を。レイナ、ソフィアさんのそばに」

「え？　灰は？」

レイナと先生が何をするんだと俺を見る。

俺はゆっくりと目を開き、決心した。

もしかしたらこれは間違っているかもしれない、日本という国にすら迷惑をかける行為だ。

これはエゴだってわかっている。

何て身勝手な行動なんだと理解している。

それでも俺は。

親を失って二度とそのぬくもりを得られない辛《つら》さを知っている俺は。

「……——ライトニング」

この愛し合う親子がもう一度笑い合える未来が見たい。

◇東京
『おいおい、いつからＪＡＰＡＮは滅神教《めつじんきょう》をかばうようになったんだ？　戦争する気か？　この俺と』

灰が消えた後、アーノルドは会長達に詰め寄った。

会長も英語で対応する。

『そんなことはない。米国には正しい形で報告させてもらう。我が国とは同盟国なのでな。だからこの場はその矛を収めてはくれぬか』

会長とアーノルドが見つめ合う。

その世界最強の男の眼光、少しの気まぐれで会長は死ぬことになる。

それでも景虎《かげとら》会長は一切目を逸《そ》らさなかった。

命を握られる感覚、常人なら気絶しそうなほどのプレッシャー。

しかし、景虎は目を逸らさない。

『HAHAHA！　相変わらず気がつえぇ爺《じい》さんだ。まぁいい。どうやって消えたかわかんねぇが、あの傷じゃどうやっても助からねぇ。俺は寿司《すし》食って帰る』

そういって、アーノルドは踵《きびす》を返してひらひらと手を振った。

（ふぅ……）

景虎は安堵《あんど》した。

あの気分屋のアーノルドのことだ、灰《かい》の態度から灰を殺すと言いかねないと内心びくびくしていた。

かの存在が本気を出したのなら、止められるものなど、この世界には数人しか思いつかない。

そもそもいないかもしれない。

彼ら超越者同士で戦ったことなどないのだから。

だから本当によかった。

ソフィアのことは残念でしかたない。

だが、それでも灰が死ぬようなことにならなくてよかった。

だから、本当に。

「……待ってくれ。アーノルド」

よかったのに。

『あぁ？　なんだ？　戻ってきたのか？　あの女は死んだか？　治癒できねぇだろ！　HAHAHA！』

「ソフィアさんは死にそうだ。治癒ができない。だから頼む。力を解除してほしい。会長！　すみませんが、伝えてくれませんか!!　回復阻害を解除してくれって!!」

「あ、あぁ！」

会長が英語で翻訳し、アーノルドへと伝える。

だが答えは分かり切っていた。アーノルドは俺を見て答える。

『答えはNOだ。ガキ。滅神教《めつじんきょう》は殺す。これは確定だ』

アーノルドは半笑いで俺に告げた。

俺は驚かない。この答えは分かっていたから。

英語はわからないが、断られたことだけはわかる。

「わかってたよ……お前が解除するわけないよな。俺達が止めても殺そうとしたんだから」

俺は拳をぎゅっと握る。

そして剣をもう片方の手でぎゅっと握る。

『おいおい、なんだ？　もしかして俺と戦おうってのか？』

「……でもこれは俺のエゴだよ。ソフィアさんは滅神教《めつじんきょう》で人も殺している。操られているとはいえ、世界にとって許される人じゃない。だからお前が間違っているとは言わない。殺す判断をしたお前の方が多分正しいよ。きっと世界中のみんながお前が正しいっていうよ。それでも……お母さんを失って泣くレイナは見たくない。俺を救ってくれたあの子には笑ってほしい」

「灰君⁉　待ちなさい！」

「坊主!!」

景虎と天道《てんどう》が灰を呼び止める。

しかし、灰は止まらない。

まっすぐ、そしてゆっくりとアーノルドのもとへと歩いていく。

「だからお前を気絶させてでも、回復阻害を解除する。あの親子は……やっと出会えたんだ。10年だぞ、10年離れ離れになって、記憶を失うほどに辛い思いをして。操られているのに、それでもずっと愛する娘を思ってて!!　それで……それでやっと。やっと出会えて言葉を交わせたのに！　手を握れるのに！　残された時間がこれっぽっちなんて！」

『あぁ？　もしかしてお前怒ってんのか？　ＨＡＨＡ、そうかそうか。犯罪者ぶっ殺されて怒ってんのか』

「俺に正義はないけど……多分間違っていることだけど!!　レイナの涙が！　ソフィアさ

んのすべてを諦めたような……それでも娘を心配させないように精いっぱい作った笑顔が!!」

その目は黄金色に輝いて、涙で金色に煌《きら》めく。

「この眼《め》に焼き付いて離れない！」

その言葉にアーノルドは高笑いする。

そしてサングラスを外して、灰へとまるで殴れと顔を近づけ言い返す。

『Come on boy』

「――ライトニング」

2人の言葉が交差する。

頂点と雷が相対する。

◇一方　沖縄
ソフィアは何とか治癒の魔法で延命されて生き延びている。

だが回復はほとんど効果がなく、死へと向かう一方だった。

「ここ……懐かしいわ。レイナ、覚えている？　あなたはまだ小さかったけど、毎年一回はここにきたのよ？」

「うん……覚えてる。今はママとの思い出、しっかり思い出せる」

レイナは封印していた記憶を開いた。

いつもの感情のない口調から、今は全てに何かしらの感情が乗っている。

10年以上封印した記憶が戻ってきて、情緒は不安定だが、それでも母を愛しているという感情だけは強く蘇《よみがえ》ってきていた。

「あの人がね……ここで一生君を守るからってこのベルを鳴らしてくれたの。……嬉《うれ》しかったな……毎年いってくれたのよ、ここで。……あなた達が生まれてからは家族を守るに変わったけどね……」

「覚えてる。恥ずかしそうに言ってたお父さんの顔……」

「……ふふ。さっきの人。もしかして彼氏さん……なのかしら？」

「違う……わからないの。灰がなんで私を助けてくれるのか」

ソフィアは先ほどの記憶は残っているようで、灰に殴られたことを笑いながら指摘する。

「そっか……灰さん……あの人に似てる。……まっす……ぐな目が……すごく。レイナ、灰さんはあなたのために戦ってる……のよ」

「……なんで……私なんかの」

「……ふふ、いつか……気づけるといいわね」

◇一方　東京
『Ｃｏｍｅ　ｏｎ　ｂｏｙ』

「――ライトニング」

２人の言葉が交差する。

その言葉が戦いの開始の合図だった。

灰は戦う。

アーノルドを倒せないとしても気絶させることができたなら回復阻害は解除されソフィアは助かるかもしれない。

だからこの最強をここで打ちのめす。

この世界の誰も止めることができない暴君を。ただのエゴだとしても。

『ＨＡＨＡ！　やれるもんならやってみなぁ！』

アーノルドが笑いながら拳を振り上げる。

破壊の権化の一撃が灰を狙う。

一撃食らえばアウト、ガード不能の最強の拳。

その一撃が灰を襲う。

だが、灰のライトニングの瞬間移動によってその拳は空を切る。

『ちっ……俺が目で追えねぇ。雷……いや、光？　レアな能力か——!?』

「はぁぁ!!」

背後に転移した灰の全力の蹴りがアーノルドを襲う。

名前：天地灰《あまち》
状態：良好
職業：覚醒騎士（雷）【覚醒】
スキル：神の眼、アクセス権限Lv2、ミラージュ、ライトニング
魔　力：２５１１８５
攻撃力：反映率▼50（＋30）％＝２００９４８
防御力：反映率▼25（＋30）％＝１３８１５１
素早さ：反映率▼25（＋30）％＝１３８１５１
知　力：反映率▼50（＋30）％＝２００９４８
装備
・龍王の白剣（アーティファクト）＝全反映率＋30％

実に26万を超える世界トップクラスの一撃。
その一撃はアーノルドと言えど無傷では済まないかと思われた。
アーノルドが衝撃で吹き飛び、そのままビルを吹き飛ばし瓦礫《がれき》が舞い、砂煙が舞う。
『きくかぁぁ!!　クソガキ!!』
だがアーノルドには効果がない。
体は飛んだが、ケガのようなものは一切ない。

溢《あふ》れ出る化物じみた魔力の鎧《よろい》は灰程度の力では傷つけることができなかった。

アーノルドの叫びと共に砂煙と瓦礫が吹き飛んで、獣のような叫びをあげる。

ぶつかった時よりも激しく空を舞う瓦礫と砂煙、そこからアーノルドが灰に向かって駆け出した。

再度拳を振り上げるアーノルド、だが灰はつぶやく。

「――ライトニング」

バチッ！

雷の速度で躱《かわ》す灰。

付近の影へと一瞬退避、昇格試験で苦戦させられた距離を詰めても逃れられるスキル。

アーノルドが、構わずその破壊の拳で空を切る。

音速を超え、空気が爆《は》ぜて、ソニックブームが発生する。

風圧だけで付近のガラスが激しく割れる。

衝撃だけで人が死にかねないまるで台風のような破壊力。

「きゃぁぁ!!」

空から撮影していたアナウンサーもその強風でヘリが揺れ悲鳴を上げる。

それでもカメラを止めない。

「やばいですって!!　もう勝ったんだしいいでしょ!!」

「ダメよ!!　撮りなさい!!　アーノルド・アルテウスの戦闘なんてそう撮れるものじゃな

いわよ!!　虐殺じゃなくて戦闘なんて!!」
そのアナウンサーが言う通り、それは間違いなく戦闘だった。
アーノルドの嵐のような猛追が周囲を吹き飛ばし、破壊していく。
その様はまるで大災害、人知を超えた最強の生物。
一撃触れればすべてが終わる、回復だって許さない致死の拳。
それでも。
『糞《くそ》が！　ちょろちょろ逃げやがって！』
雷は捕まらない。
(集中しろ……全部躱せ)
灰《かい》はその目を一切そらさず躱し続ける。
脳みそをフル回転し、周囲の影へと移動し続けヒットアンドアウェイを繰り返す。
(くる。絶対にいつか……)
灰はいつかくるそのチャンスを待っていた。
『くそがぁ!!』
最強の抜き身のナイフのような拳を交わし続ける。
紙一重、それでも灰には当たらない。
神の眼を黄金色に輝かせ、破壊の化身の魔力の流れを読み切る。
瞬《まばた》きするだけで死へと直結するため、絶対に目をそらさない。

その攻防は時間にしては数分のごく短時間だった。

しかし見るものすべての時間を止めた。

息が詰まる。

呼吸を忘れる。

その戦いのあまりの激しさに、手に汗握って鼓動が速まる。

「なんという戦いじゃ……止められん」

会長も天道も2人の戦いに割って入ることができなかった。

近づこうものなら巻き込まれて殺される。

それほどの殴り合い、鍔《つば》迫《ぜ》り合《あ》い、だがどんなものにも終わりがくるようにそれは突然やってきた。

一瞬の隙。

アーノルドが見せた刹那の隙。

それを灰は見逃さなかった。

（……きた！）

アーノルドの背後へとライトニング。

「灰君!!」

「坊主!!」

誰もが思った、これは決まる。

アーノルドの完全な死角、世界最強といえど確実に一撃は無条件でもらうタイミングだと。

だが、違った。

『HAHA……まじで良い目してやがる』

アーノルドが全く同じタイミングで上半身だけ反転させて、拳を振りかぶっていた。

それは罠《わな》だった。

アーノルドが仕掛けたコンマ一秒の罠。

この相手なら見つけてくるし、突いてくる。

そう思ったゆえに見せたほんの小さな、作られた隙。

それはある意味アーノルドが灰を認めたことと同義ではあった。

『その目だけは褒めてやるよ！　プレゼントは死でいいよなぁ！』

それは灰を正面から捕まえるのは難しいと感じたアーノルドがおびき寄せるために撒いた餌。

まんまとおびき出されたアーノルドの背後に転移した灰に最強の拳が迫りくる。

まさしく完璧なタイミング。

全員が思わず目を閉じた。

次に見るのはきっと灰の上半身が吹き飛ぶ光景。

そんなのは見てられないと、全員が目を逸《そ》らす。

全員が目を閉じる。

逸らさないのは。

「知ってるさ。罠だってことぐらい。お前、魔力は正直だな――」

金色に輝く神の眼《め》だけ。

「――ライトニング」

『!?』

灰は神の眼で魔力の流れを見てこの隙はアーノルドが仕掛けた罠であると見切っていた。わかっていて飛び込んだ。

なぜなら人は仕留めたと思ったときが一番油断するからだ。

アーノルドの背後の影に転移する。

そして灰は、アーノルドの背中に触れてスキルを発動する。

「――ライトニング」

アーノルドは灰と共に転移した。

体勢ごと入れ替わるように転移させられる。

アーノルドが踏みしめていた地面は消え、殴るはずだった灰は地面に変わっている。

そのまま灰を粉砕するはずだったアーノルドの全力の拳がコンクリートを粉砕していた。

『はぁ?』

一瞬理解できずに、思考が空になるアーノルド。

「おい、アーノルド」

声がしたほうを無意識に向く。

拳が迫っていた。

久しく驚きの感情を感じてこなかったアーノルドは、初めての転移で思考に空白ができ、いきなり目の前に現れている拳に、動揺した。

心が揺れれば。

魔力も揺れる。

アーノルドの魔力の鎧が剝がれている。

目の前に灰の拳が迫る。

雷を纏《まと》って思いを乗せた願いの拳。

ただ一瞬でいい、一瞬でいいから倒れてほしい。

あの親子を、もう一度笑顔にしたい。

泣いているレイナを笑顔にしたい。

そう願った魂の一撃は、きっと頂点にだって。

「――はぁぁぁ!!」

手が届く。

◇灰視点

俺は全力で拳を振りぬいた。
『ライトニング』の残滓《ざんし》の雷を拳に纏って、全力で腰を入れて最高の角度。
これ以上はない、そんな魂の一撃だったはずだ。
衝撃波が、アーノルドを殴った拳が周囲の瓦礫を吹き飛ばす。
アーノルドが殴ってできたクレーターへと叩《たた》きつけられて鈍い音があたりに響く。
動揺し、魔力が揺れたアーノルドの最も薄い部分への一撃。
今俺にできる最高最大の威力での振り下ろしだ。
たとえ相手がS級だろうと、超越者だろうと命に関わるほどの威力の一撃のはず。
「はぁはぁはぁ……」
俺は目の前で地面に倒れるアーノルドを見る。
口からは血を流し、間違いなくダメージを与えている。
(頼む……気を失ってくれ……これ以上は……)
俺は祈った。
これ以上の一撃は今の俺では出すことができない。
文字通り全身全霊、魂の一撃。
もはや体力もないし、脳も焼け焦げそう、これ以上は無理だ。
だから。
『HAHAHA……効いたぜぇ。久しぶりに』

立ち上がらないでくれ。

アーノルドの眼だけがぎょろっと俺を向く。

そして俺の拳を意にも介さずゆっくりと立ち上がる。

口の中に含んだ血をまるで唾を吐き出すように地面に吐いた。

確実にダメージを与えていた、ダメージを与えたがすでに完治している。

白い煙と共に俺が与えた痣《あざ》は完全に消えていた。

『いつぶりだ？　俺が血を流すなんて……カリフォルニアのS級キューブの崩壊以来か……ちょっとじゃれるだけのつもりだったんだが……HAHAHA』

アーノルドが真っすぐ立ち上がって俺を見る。

届かなかった。

届いたと思って手を掛けた頂点は、なんとか見えたと思った頂点は。

分厚く灰色の雲の向こうに、どこまでも高く伸びていた。

世界の頂点は、今の俺でも霞《かすみ》がかってよく見えない。

世界最強という言葉の重みは、思いの強さだけで超えられるほど軽くはなかった。

「!?」

突如アーノルドの体から先ほどまでとは比較にならないほどの魔力が溢《あふ》れる。

俺は本能が叫ぶ通りそこから全力で後退した。

全身の毛が逆立つのを感じる。

まるで目の前に銃口を向けられているような、剣先を向けられているような。

だがそんなレベルのものではない。

なぜならどんな兵器よりも強く、核兵器ですら止められない国すら亡《ほろ》ぼす怪物が、本気でその力を俺一人に向けたのだから。

それはまるで魔力の炎上だった。

アーノルドの周りで紫の禍々《まがまが》しい魔力の柱が天まで届きそうなほど燃え上がる。

『覚悟は良いんだな、ガキ。死ぬ覚悟も、この国が滅びる覚悟も……』

俺はその世界最強の絶望的なステータスを見た。

名前：アーノルド・アルテウス
状態：良好
職業：ベルセルク【真・覚醒】
スキル：回復阻害、超回復、獣神化
魔　力：175300
攻撃力：反映率▼75％＝131475
防御力：反映率▼75％＝131475
素早さ：反映率▼75％＝131475
知　力：反映率▼25％＝43825

装備
・なし

見る見るうちにアーノルドの見た目が変わっていく。

その姿はまるで獣、まるで獅子《しし》。

それは多分獣神化というスキルで、その能力は全ステータスの強化だった。

職業は真・覚醒、おそらく覚醒のさらに上であるその職業クラスが関係しているのだろうか。

俺はそのつぶれそうなほどのプレッシャーとバカげた魔力の放流を見て言葉を失った。

あれは本当に神へと一歩足を踏み入れている。

俺の直感がそう言っている。

俺ではあの存在に勝ち目がない、今の一撃も一瞬で回復された。

どんな作戦を立てようが、どんな小細工を弄しようがこれ以上は俺ではダメージを与えられない。

気を失わせるなんて天地がひっくり返っても……。

俺は一歩後ろに下がりそうになった。

「違う！」

でも俺は大声を出して恐怖を超える。
大きな声を上げて、逃げ出したい心を奮い立たせる。
「俺はお前を倒して……ソフィアさんを!! レイナを!!」
ここで引くわけにはいかない。
レイナとソフィアさんが待ってるんだ。
今か今かと俺が勝利するのを待っているんだ。

だから逃げない。
「それまでだ。坊主」
だが直後、俺は天道《てんどう》さんに背後から羽交い締めにされた。
いつの間に背後にいたのか気づかなかったが、万力のような力で抜けられない。
天道さんはそもそも俺の2倍近い魔力なので、本気で拘束されると逃げようがない。
「て、天道さん!! は、離してください!!」
そして、俺とアーノルドの間にもう一人。
『止まってくれ、アーノルド。せっかく来てくれたのに、悪かったのぉ』
『あぁ?』
それは景虎《かげとら》会長だった。
景虎会長が、俺とアーノルドの間にゆっくり歩いていきアーノルドの前に立つ。

『あの子は友人の母が死にそうで……悲しさと怒りで前が見えなくなっている。同じような過去があったお前さんなら少しはわかってやれるじゃろ。まだまだ未熟なだけで、優しい子じゃ。……後先考えないのは若者の特権じゃが、あとでちゃんと儂《わし》が罰を与えるから、どうか許してやってくれんか』

『この俺をぶん殴っといてそれで許されると思ってんのか？　糞《くそ》じじぃ』

『思わん。お前が滅神教《めつじんきょう》を許さないこともわかってるつもりじゃ。じゃから……』

景虎会長は、天道さんの刀を右手に持っていた。

天道さんはそれを横で見つめている。

そして会長はその剣で、思いっきり自分の左腕を切断した。

「!?……会長!!」

俺は叫ぶ。

そして会長が何をしようとしたのか理解した。

『……これでどうか、許してやって欲しい。足りないのならもう一本、頼むアーノルド、ほら、儂には借りがあるじゃろ？』

血が噴き出し、景虎会長の左腕がアーノルドの目の前に置かれる。

そして会長が深々と頭を下げた。

「そんな、会長!!　やめて下さい！　俺が勝手にやったことなのに!!　なんで会長がそんなことを!!」

「灰君《かい》……事情はわかっとる。わかっとるから……それでもこらえろ。これは子供を止められなかった大人の責任じゃ」

「そんな！　会長！　腕が！　どうして！　だってそいつを倒せば、レイナのお母さんが！　ソフィアさんが！」

「わかっとるから黙っとれ!!」

そういう会長の目には涙が溢れている。

痛み？　そんなわけがない、だって会長には痛覚遮断がある。

だからあれは、ソフィアさんの死を受け入れるしかないとわかっているからなんだろう。

俺は初めて会長に怒鳴られて、口を閉じた。

それはいつも優しい会長の本気の声だった。

事情を知っているということは、きっと会長はアーノルドの回復阻害を知っているんだ。

それでもあきらめろと言う。

俺達では、あの最強を気絶させることなどできないから諦めろと。

そして景虎会長はもう一度アーノルドを見る。

『……どうじゃ、こんなおいぼれの腕一本、満足はできないだろうがどうかここは収めてくれ。でなければこの首をへし折ってくれて構わん……あの子はまだこの国に必要なんじゃ』

そして会長が大量の血を流しながら膝をつき、首を差し出す。

それを見るアーノルドの纏う魔力が少しだけ弱まった時だった。

プルルプルルル♪

『ちっ！』

アーノルドがポケットから電話を取り出し、着信を押す。

鋼鉄に包まれた多少の運動では壊れない彼特製のスマートフォン。

『私だ』

『なんだ。大統領』

『アーノルド。今中継で見ているが、日本は同盟国だ、戦争は避けたい。滅神教《めつじんきょう》を殲滅《せんめつ》するという我々のミッションは完了した。その少年、天地灰《あまち》の処遇はこちらできっちりと決めるので、許してやってくれないか』

『俺に命令か？』

『いや、提案だ。……それ相応の謝礼は用意している』

『……ちっ』

そしてアーノルドは電話を切った。

『おい、こんな萎《しお》れた腕なんかいるか。さっさとくっつけろ、見苦しい』

アーノルドは会長に背を向けた。

『大使館に最高級の寿司《すし》１００人前、一時間以内。それで今日は手を打ってやる』

『……ありがとう。アーノルド。今度昔みたいにまた飯を食おうな』

『けっ！　相変わらず食えねぇジジイだ。おい、クソガキ！　よかったな、守ってもらえて!!　見逃してやるよ!!』

「ううっ……」

俺は涙が止まらなかった。

自分のエゴだけで動いて、その責任も取れなくて。

ソフィアさんも救えなくて。

強くなったはずなのに、俺はまた守られている。

お世話になった会長にあそこまで言ってもらって。

天道さんに羽交い締めにされながら、俺は力なく泣いてしまった。

「坊主……ソフィアさんは死んだのか」

「まだ生きてます。まだヒールをすれば……あ、あいつを気絶させれば！」

俺は必死にじたばたする。

天道さんが助力してくれたならきっと、そうだ、この人はソフィアさんと俺なんかよりもずっと昔からの知り合いなんだ、だから!!

だが、天道さんの返事は俺が期待したものとはやはり違った。

「諦めろ。もう……喧嘩《けんか》じゃねーんだ、お前の気持ちはよくわかってる。よくわかるけど、灰。俺達がやったら、それはもう戦争なんだ」

「じゃあ……レイナにお母さんは死ぬしかないって言うんですか……」

羽交い締めにされていた俺は突如下ろされた。

そして天道さんの方を振り向く。

「わかってる……わかってるが……諦めろ。頼む。わかってるから……」

絞り出すような声で涙を流す天道さんがいた。

その拳は強く握られ過ぎて、血が流れている。

唇をかみしめて、口からも血を流し、アーノルドを今にも殺しそうな目で睨《にら》んでいた。

それでも必死に耐えていた。

「俺だって本当はあいつをぶん殴って止めてやりたい。でも……無理だ。勝てねぇ。それに犠牲がたくさんでる。じじぃもそれをわかってる。アーノルドが滅神教《めつじんきょう》を絶対に許さないこともな」

それでも絞り出すように声を出す。

「天道さん……」

俺はバカだった。

レイナは天道さんの妹のような存在だ、会長だってそうだ、俺なんかよりもっとレイナを大事に思ってる。

その母親が死にそうなんだ。

俺なんかよりも2人はずっと辛《つら》いんだ。

なのに、歯を食いしばって耐えていた。

俺はその表情を見て、すべてを諦めて涙を流す。

「すみません……うっうっ……」

俺ではソフィアさんを救えなかった。

あの最強には手が届かなかった、レイナとソフィアさんの時間を延ばしてあげることはできなかった。

『HAHAHA、きちんと躾《しつけ》てもらえよ。顔だけは覚えておいてやるよ。悪くねぇパンチだった。効いたぜ、久しぶりに』

それを見て、アーノルドが満足したように去っていく。

俺の攻撃のダメージなどどこにも残っておらず、全くの無傷。

悔しかった。

でも今は何より優先しないといけないことがある。

俺は自然治癒で血が止まっているが、それでも重傷な会長のもとへと走っていく。

「会長!!　すぐに病院に!!　あの先生ならまだ間に合います!!　ライトニング!!」

俺は会長を田中《たなか》さんの影へとライトニングで転移し、病院へ連れていく。

会長の腕を伊集院先生にくっつけてもらわなければならない。

会長を田中さんに預けて、すぐさま、レイナといるはずの先生の影へと転移した。

「先生。すみません、何度も」

「なんとか延命だけはしたが、もうこれ以上は無理じゃ。最期の言葉を精一杯交わしなさい」

「……はい」

先生は、全力でソフィアさんの命を繋《つな》ぎ止めてくれていた。

感謝してもしきれないが、今は会長も危ないので俺は先生を連れて、ライトニングで田中さんと景虎会長がいる病室に行く。

「なんじゃ景虎。次はお前か……ほら、くっつけてやるからこっちこい」

「はは、ご無沙汰しております。伊集院《いじゅういん》先生」

すぐに先生は会長の腕をくっつけるために治療を始めてくれた。

「灰君。行ってきなさい。ここは良いから、レイナのそばに」

「……はい」

俺は頷《うなず》きレイナのもとへと向かった。

足取りは重いが、ソフィアさんにちゃんと謝らなくてはならない。

救えなくてすみませんと、あなたは死ぬしかないですと。

「灰さん……戻られたんですね。ゴホッ……せっかくですが、もう長くなさそうです。隣にきてくれますか？」

「……すみません、ソフィアさん。……俺が……俺が弱かったから……すみません。すみません」

俺は泣きながら謝った。

きっと倒してくると言ったのに、２人を救うって言ったのに。

俺では無理だった。

もうここでこの親子の時間は終わる。

俺が弱いせいで。

「ううん、ありがとう、灰」

俺はうつむきながらソフィアさんの隣に座った。

レイナが俺の手を握る。

俺はどうしても言葉がでなかった。俺が強ければソフィアさんを救えたはずだ。

アーノルドを気絶させて、治癒し、レイナとソフィアさんは罰を受けるとしても一緒に笑い合える未来が来たはずなんだ。

俺はソフィアさんの貫かれたお腹を見る。

もう血も少し乾きだしているが、紫色の魔力が揺らめく。

俺はぎゅっとこぶしを握る。

するとその拳をソフィアさんが優しく握る。

「ありがとう、灰《かい》さん。初めて会ったのに、たくさん罪のない人を殺したのに。私なんかのために戦ってくれて。十分です、その気持ちだけで……」

「……救えませんでした……俺が弱いせいで、あなたを死なせてしまう」

「じゃあ……ふふ、責任とってくれる？」

「え？」

ソフィアさんがかすれるような声で俺に笑いかける。

「灰さん。この子には、もう父も兄も、私もいなくなる。一人になっちゃう。だから責任をとって……この子を家族の代わりに守ってあげてくれないかしら。強いけど弱い子なの、それにとびっきり可愛《かわい》いでしょ？　ふふ、意地悪かしら？　こんな時にするお願い」

そういったソフィアさんのふふっと笑った顔はとても綺麗《きれい》だった。

俺はソフィアさんの手を握り返した。

弱弱しくてもう今にも動かなくなってしまいそうな手だった。

その手を俺は両手で強く握り、まっすぐとソフィアさんを見る。

「はい、絶対に守ります。この命に代えても。彼女は俺の命の恩人でもありますから。今度は絶対に。もっと強くなって」

それは心からの言葉だった。

一心《いっしん》さんがかつてソフィアさんに誓ったように。

俺のその言葉を聞いて、ソフィアさんは安心したように少し笑う。

「ふふ、あなた、やっぱりあの人に似てるわね。特にそのまっすぐな目が……すごくかっこいい」

「……俺は……」

「貫いてね。そのまっすぐな思い……揺れないで……ずっと真っすぐでいて……」

「……はい」

ソフィアさんは優しく微笑《ほほえ》んで、レイナに視線を移す。

「レイナ、頑張って生きてね。殺そうとしてしまった私が言うのも……変だけど」

「ママ、私。ママのこと恨んでないよ、ずっと、あの時から変わってないよ。……だから死なないで。だってまだママといっぱいお話ししたいよ、私あの頃からずっと……ママが大好き」

レイナは幼い頃、封印を施されてそこからずっと心を閉ざしていた。

だから今は心は子供、まるで時を超えてしまったような状態なのかもしれない。

レイナとソフィアさんは手を握る。

「ママも、あなたともっと過ごしたかった。最後にある記憶は……縄跳びで二重とびできたことだもの。こんなに大きくなって……ママの若い頃そっくり。……ママも見たかった。彼と一緒にあなたの成長を見たかった、もっと傍《そば》にいたかった。こんなに綺麗に……いつかここで結婚式も挙げて、子供もできて……ふふ、だめね。お別れしづらくなっちゃう」

2人ともその目には涙が溢《あふ》れて止まらなくなっていく。

「レイナ……ずっとずっと大好きだった。頭にモヤがかかっても、ずっとあなたのことだけを考えてた。ずっと会いたかった。レイナ……あなたを世界で一番愛してる。ずっと、ずっとよ……」

そのソフィアさんの言葉は、狂信状態の時と変わらない。

あの状態でもレイナを好きと言い続けたソフィアさん、きっと本当にレイナのことをずっと思っていたんだろう。

その言葉にレイナの感情をせき止めていたものが壊れた。

「うわぁぁぁ!! 死なないでよ、ママ!! いやだ、いやだ!! もっと一緒にいたいよ!!」

何かが決壊したかのように、泣きじゃくるレイナ。

その頭をソフィアがなでる。俺は何もしてあげられずに傍で泣くことしかできなかった。

母の胸の中で泣くレイナをソフィアは優しく撫《な》で続ける。

その表情を俺は知っている。

昔母が、虐《いじ》められて泣いている俺を優しく撫でてくれた時と同じ顔だったから。

「レイナ、お願い……最後に顔を見せて。もうよく見えないの、お別れかもしれない」

「いや……いや!! うっうっ。もっとママと一緒にいたい……いや!!」

少し困ったような顔のソフィアさん。

きっと不安なのだろう、この状態のレイナを残していくことが不安でたまらないのだろう。

だから俺は、レイナの肩をゆっくり持って引きはがし顔を上げさせる。

「レイナ、顔を上げて。絶対に後悔しないようにお母さんの目をまっすぐ見て。そして伝えたいことを精一杯伝えるんだ」

レイナはその言葉に泣きじゃくりながらソフィアを見る。

「ありがとう、灰さん。そうだ、あなた。綺麗って言ってずっと欲しがってたから……これをあげるわね。ふふ、パパが見栄《みえ》をはって、すごく高いのよ……」

そういうとソフィアさんはその左手にはめていた指輪を取り、レイナの左手の人差し指にはめる。

ダイヤモンドとプラチナの指輪、永遠の愛を誓った指輪だった。

狂信状態になってなお、ずっと外すことはなかった愛の証《あかし》。

「薬指はいつか……灰さんのため……に。だから」

そしてソフィアさんは力なく震える手でレイナの左手の人差し指をなでた。

「指にはね……どこに指輪をはめるかで込める願いが変わるの……ここにはめると……目標に向かって……前に進む力をって願いを。……レイナに……願いを込め……て……前に」

「ママ……うっうっ。だめ！　目を閉じないで！　ママ！　ママ！」

「人類の……あなたの未来は……きっと輝くわ……大好き、レイナ。幸せになっ……」

「わ、私も大好き！　ママが大好きだからね！　幸せになるから！　安心してね!!　大丈夫だからね!!」

カランカラン!

俺は泣きながら唇をかみしめて屋上のベルを鳴らした。
ソフィアさんが最期にきっと聞きたいと思ったから。
「あぁ……懐かし……音……ありが……と……一心……今いきま……」
そしてソフィアさんは目を閉じた。
最後のレイナの必死な声で、安心し、満足したような笑顔で。
そのベルの音を懐かしむように、愛する人に会いに行けると。
握っていた手の力がなくなり、ソフィアさんは息を引き取った。
俺とレイナはずっとずっと泣いていた。
鐘の音だけが空に響く。

◇しばらく後
俺とレイナはソフィアさんを連れて病院へと戻った。
病室では、会長が消毒をして、治療を受けている所だった。
傷が塞がってしまったので、また少し切ってからくっつけなければならないようだ。

「あっちこっち連れまわしよって」

「すみません、伊集院先生。沖縄で。田中《たなか》君が無事なわけですな。とりあえず。この腕くっつきます？」

会長がまるで痛みを感じてないように、その左腕を右腕でつかみながら先生に依頼した。

血は自然治癒のおかげかすでに止まっているが、正直痛々しくて見てられない。

「問題ない。すっぱり綺麗に切れとるからな。細胞も死んでおらん。相変わらず便利な体じゃな」

このお爺《じい》さん先生、攻略者専用病院の伊集院先生のお爺さんらしい。

医者の一族で、今はこの沖縄で隠居しながらのんびり診療しているとのこと。

「今日は一月分は働いたぞ。もう店じまいじゃ、儂《わし》は寝る！　年寄りを酷使しよって……」

ヒールを使いすぎてくたくたになった伊集院先生は眠たそうに去っていく。

見事にすべてのケガを治療していったので、本当に感謝しかない。

「龍之介《りゅうのすけ》が指揮を執ってとりあえずは落ち着いたようです。なので、私達は一旦休みましょう」

天道《てんどう》さんだけは残って協会職員達と後始末を手伝うとのこと。

大変だが、田中さんも景虎《かげとら》会長も大量の血を失ったので無理はしないことにしたようだ。

会長も田中さんも輸血しなければならないらしい。

「ふぅ。ではまずは灰君。ありがとう、君のおかげで滅神教《めつじんきょう》に勝つことができた」

「い、いえ……」

「こっちへ来なさい」

そういうと景虎会長は、優しそうな表情で俺を呼ぶ。

頭をなでようと、ちょいちょいと仕草をするので俺はそのまま頭を下げた。

そして。

「この……バカものがぁぁ！！！」

「い、いてぇぇ!?」

俺は思いっきり殴られた。

それこそ本当に思いっきり、ステータスが上がったから死なないが普通の人なら死にそうなほど思いっきり殴られた。

「か、会長ぉぉ……」

俺は少し涙目になりながら頭をさすって顔を上げる。

景虎会長は怒っていた。その表情は本気で怒っている。

「ご、ごめんなさい」

だから俺は素直に謝った。

「まったく、あんな馬鹿なことをしよって!!　相手はあの暴君じゃぞ！　気まぐれで国すら亡《ほろ》ぼせる奴じゃ。それを無謀にもぶん殴りよって!!」

俺はまた殴られる。

でも甘んじて受けることにした。

とても痛いお爺ちゃんの愛あるげんこつ。

正直全面的に俺が悪い。ソフィアさんを救いたかったのは本当だが。

「反省しなさい、灰君は自分の命とこの国すら危うくさせたんじゃからな」

「はい、すみませんでした」

「反省したか？」

「しました。もっと強くなります。もう目の前で誰も失わないように、世界一強く。あのアーノルドよりも強く」

俺は目を伏せて、深々と謝った。

この日俺は決心した、誰よりも強くなって、誰でも守れるようになりたいと。

「まったくわかっているのかわかっていないのか。じゃがまぁお前さんらしいな。……こっちへきなさい」

俺はまた殴られると思った。

だがそうではなかった。

景虎会長は手を伸ばし、そしてそのまま俺を抱きしめた。

「無謀なことをしたことは反省しなければならないが、それは会長としての話。今からはレイナをずっと育ててきた親としての気持ちじゃ。ありがとう、灰君。レイナのために戦ってくれて、そしてソフィアを救おうとしてくれて」

「……すみません、でも救えませんでした」

「わかっとる。それにもし儂らに力があれば加勢しておったよ。だから動機に対しては気にせんでいい。ただし、今後は自分の行動が何を引き起こすかを考えなくてはな……ほら、レイナもおいで」

そういってレイナと俺を景虎会長はその大きな手で抱きしめてくれた。

俺とレイナは今日何度目かも分からない涙を流す。

泣いて泣いて、心を洗って、明日からまた生きなければならないから。

こうして日本を襲った滅神教《めつじんきょう》事件は一旦は終結を迎えた。

◇その日の夜
「では、レイナ君。やるよ」

「はい……送ってあげてください、ママを。ママも田中さんに送られるなら嬉《うれ》しいと思います」

少し休んだ、その日の夜。

俺達はレイナの母、ソフィアさんの葬式を沖縄で行うことにした。

といってもソフィアさんは滅神教《めつじんきょう》、犯罪者扱いなので俺達だけで秘密に行うこととなったからだ。

葬儀は、俺とレイナ、田中さん、景虎会長で行った。
火葬、そして遺体の骨と灰はすべて沖縄の海へと流すことになる。
レイナもそれを了解した。
ここ沖縄で、母の思い出の地で眠らせてあげて欲しいと。
「ファイアーボール」
田中さんの優しいファイアーボールが、ソフィアさんを入れた棺桶《かんおけ》に燃え移る。
優しく燃え上がる炎と煙がソフィアさんをゆっくりと天へと送っていく。
俺達はそのまま目を閉じた。
ここは丘の上、見下ろせば海、波の音。
燃やした灰をできるだけ遠くまで飛ばせるようにと田中さんが選んだ場所だった。
ゆっくりと燃える棺桶、田中さんの魔力によってソフィアさんが灰となっていく。
「ママ……さようなら、私幸せになるからね」
レイナがその火を見つめる。
ソフィアさんを送る炎だけが夜を照らす。
月明かりと炎だけの夜の沖縄の海、波の音と風が心地いい。
レイナがもう一歩前に踏み出し、炎に触れられる距離まで近づく。
「絶対……幸せになるからね。安心……してね。大好きだよ、ママ……おやすみ」
氷のように冷たかったその目には意思が確かに宿り、もう昔のようなレイナはいない。

いつの間にか炎が消えて、残った灰だけが風に流されて飛んでいく。

そして葬儀は終了した。

レイナだけはずっと灰を見つめている。

「灰君《かい》……儂と田中君は帰るから、頼んだぞ」

「はい」

そういって2人は帰り、俺とレイナだけが丘の上に残る。

「レイナ……」

「灰……ありがとう。私のために、ママのために戦ってくれて。さっきアーノルドと戦う動画を田中さんにみせてもらった。灰の気持ちすごく伝わった」

俺とレイナは見つめ合う。

レイナの目は真っ赤だった、涙こそ今は流れていないがたくさん泣いたのだろう。

そういう俺の目も真っ赤だが。

「すごく悲しいけど……ママは笑って死んだの」

「……」

「ママとね……本当はもっとお話ししたいことがあったの」

「……」

「パパのお墓参りもママと一度もいけてないの……お兄ちゃんのも」

「……」

「なんで……ママはあんなことになっちゃったの……うっうっ」

俺はゆっくりと涙を流したレイナを抱きしめる。

ソフィアさんがしてきたことは許されない。

仮に生きていても死刑だったかもしれないほどに人を殺している。

でも、俺は知っている。

「ソフィアさんは操られてた。誰にかはわからないけど……そいつが黒幕だ。だから日本が、世界中が許さなくても……俺だけはこういうよ。ソフィアさんは悪くない」

「ママは悪くないの？」

「悪くない、ソフィアさんは何も悪くない。だから、レイナ。レイナが好きだったソフィアさんは何も変わってない」

その言葉にまた涙を流すレイナ。

犯罪者である自分の母を、自分を殺そうした母の事情を知って止めどなく涙が溢《あふ》れる。

「だから俺が見つける。その元凶を。ソフィアさんがこうなってしまった原因を」

俺は力強く決心した。

滅神教《めつじんきょう》の大本、奴らが言うあの方、きっとそいつが狂信状態にしているんだ。

目的は分からない、でもそれを倒すことが俺の使命だと思った。

「……私も戦う。灰だけに任せない」

俺の胸の中でレイナが顔を上げる。

真っ赤にはらした目に涙を溜《た》めて俺を見る。

その目は俺と同じく決意の光に満ちていた。

「でもね……その前に」

すると、またレイナが俺に抱き着く。

そして、俺に言った。

「ありがとう、灰」

レイナが俺をさらにぎゅっと抱きしめた。

俺もレイナを強く抱きしめる。

小さかった。

世界最強の女性と呼ばれるレイナはただ小柄な少女だった。

俺達はどれだけか分からない時間抱き締め合う。

レイナが落ち着くまで、満足いくまで俺はレイナを抱きしめて頭をなで続けた。

凪《なぎ》は、泣いているときこうすると落ち着いたから。

どれだけ抱きしめていたかわからないが、レイナの涙が止《や》んだ頃、レイナが俺の胸の中から俺を見た。

「ありがとう、すごく安心するね、灰に抱き締められると。……それでね……私お礼がしたいの。でも私は何も持ってないの。灰が喜ぶようなこともよくわからない……だからね」

「いいよ、そん——!?」

お礼がしたいと言ったレイナに、俺が大丈夫と言おうとした時だった。

俺は不意を突かれた。

真下からの攻撃、俺の唇に柔らかい感触が当たった。

それはレイナの。

「レ、レイナ!?」

「これぐらいしかできないけど……お礼に……なった?」

柔らかい唇だった。

俺は驚いた顔をする。

それを見て、レイナの表情が変わっていく。

「それともう1つ嬉しかったのが……笑ってほしいって言ってくれたこと……だからね」

真っ赤になって慌てる俺、それを見てレイナは確かに笑った。

優しい顔で、間違いなく。

氷が解けて、初めて笑った。

とても可愛《かわい》い笑顔で俺に微笑《ほほえ》みかけてきた。

「……ふふ、私笑えてるかな」

「レイナ……」

「ねぇ……灰、ママがいってたの、覚えてる?」

「え？　ちょっと……え？」

そしてレイナは優しい笑顔のまま、俺の手を取り指を絡めてくる。

人差し指に指輪をはめた左手の薬指を俺に触らせてもう一度笑って俺を見る。

「この指空けておくね。待ってる。……ずっと、いつまでも」

満天の星のもとレイナのまっすぐな笑顔と永遠を誓う指輪だけが輝く。

沖縄の夏は、俺が想像していたよりも……。

「まじか……」

2倍は暑かった。

〜翌日。

俺達は、沖縄を後にして東京へと戻っていた。

滅神教《めつじんきょう》の爪痕は確実に残り、日本ダンジョン協会は立て直しを図っていた。

だが、そこは田中《たなか》さんと景虎《かげとら》会長が尽力し日本に平穏が戻りつつあった。

ただし失った上級攻略者は多く、天道《てんどう》さん達はダンジョン崩壊を防ぐべく、奮闘する毎日が始まる。

俺はというと。

「彩《あや》！　凪！」

東京に戻った俺は彩と凪と合流していた。

2人は昨日空港に残り、そして一時的に彩の家へと避難していたようだ。

俺は凪を迎えに行きがてら、彩の無事も確認しに龍園寺《りゅうえんじ》邸に来ていた。

「灰さん!!　よかった、本当に」

「お兄ちゃん!!　私心配したの!!」

凪と彩が家に帰った俺に抱き着く。

俺は2人を抱きしめて、軽く持ち上げる。

「全然元気だぞ!!」

「きゃっ！」「ははは！」

「ごめんな、心配かけて。２人も無事でよかった」

俺は２人を下ろす。そして彩は俺の後ろにいたレイナにも抱き着いた。

「レイナ……ごめんね、そばにいられなくて」

レイナの状況は彩にも伝えられている。

だから彩は友達が辛《つら》いときに傍《そば》にいられなかったことを謝った。

「大丈夫、灰がそばにいてくれたから」

「そっか……」

「うん、灰が私をずっとぎゅっとしてくれたから。ずっとぎゅって。なでなでもしてくれたの」

「そ、そっか……」

「灰のそばにいると安心するの、心がポカポカするの。もっとぎゅってしたくなるの、彩これって好きってこと？」

「そ、そっか!?」

「レ、レイナ!?」

「ごめんね、彩。彩が灰のこと好きなのはなんとなくわかるけど……もしかしたら……私……もうダメかも」

レイナが俺を見てポッと顔を赤らめる。

両手で恥ずかしそうに顔を隠す姿はとても可愛い。いや、本当に可愛いけど横の女の子がすごい怖い。

「灰《かい》さん？　どういうことですか？　一体どういうことなんですか？」

「え、えーっと。いやそれはちょっと……誤解がありましてですね。レイナさん？　ご説明を」

「大丈夫、彩。まだキスしかしてない」

「か、灰さん!?」

「ご、誤解だ！　ち、ちょっとだけだから!!」

「ちょっと!?」

彩が俺を睨《にら》み殺すような目で見る。

懐かしいな、初めて会った時の吹雪が起きそうなほどに冷たい目を思い出す。

あの頃よりも洗練されたようだ、もはや眼《め》からビームが出そうだぞ。

「彩、私は彩のことも大好き。だから私は別に2人目でもいい。法律上は夫婦じゃなくても……体だけでも……それで嬉《うれ》しい」

「灰さん!!　一体レイナになにをしたんですか!!」

「ち、違う。誤解だ。俺は何も……レイナどこでそんな言葉を覚えてくるんだ!!」

「灰はママと約束した。私を一生守ってくれるって。灰、お礼はまだ返しきれてない。だから私の体を好きにして……特に灰が好きなこの胸――」

「灰さん!!」

レイナが俺に近づいてくる。

それに合わせて彩も拳を握って近づいてくる。

「灰さん説明してください!」「……揉《も》む?」

「うっ……ちょっ……あの」

迫るレイナと彩に俺はたじろぐ。

何かが振り切ったレイナの真っすぐな好意を向けられて俺は、頭が混乱する。

多分この子まだ心は小学生とかだと思う。

それか羞恥心だけ封印されてるのかもしれない。

その選択は男としてはよくなかったかもしれない。

でも、テンパったのだから仕方ない。

目をそらさずに真っすぐ見るを信条にしてきたが何事にも例外は存在する。

「お兄ちゃん……二股なの? プレイボーイなの?って……え!?」

だから、俺は凪の手を摑《つか》んで引き寄せた。

そして大きな声で2人に言った。自責の念に潰されながら。

とりあえず。

「――ライトニング!」

逃げよ。


「で？　今ここにいると？」

「はい！　いや〜〜こういう時思い出すのはやっぱり田中さんの顔ですね。なんでしょう、やっぱり安心します!!　すみません、凪まで連れてきて」

「ははは……一応ありがとうと言っておくよ。モテモテで羨ましい限りだ」

田中さんが遠い目で窓から空を見る。

ここは、ギルドアヴァロン本社の田中さんの部屋。

俺はライトニングを使って田中さんの影へと瞬間移動していた。

あんな大怪我の後なのにすぐ仕事している。

すごいよ、この人。

凪はお茶菓子を後ろでボリボリと食べている。

さすが俺の妹だ。

食べられるときに食べる精神は受け継がれている。俺も1つ、うまぁ!!

お菓子をむさぼりながら俺はふとつぶやいた。

「田中さん……愛ってなんでしょう……人を愛するってなんなんでしょうか」

「随分哲学的なことを聞くじゃないか」

「どうやら俺は誠実な男ではなかったようです。彩のことが好きなのかと思ったらレイナにもぐっときてしまいました。だから愛について考えています。真実の愛とは……俺はどちらを愛しているのか。そもそも愛とは何なのか」

俺は必死に考えていた。

愛とは何なのか。

この2人に対する気持ちは何なのか。

「気にしないでください、田中さん。少し遅れて思春期がきただけですから。聞いてるこっちが恥ずかしいですけど」

「ひでぇ!!」

真剣に悩んでいたら凪《なぎ》にバカにされた。

確かに俺は青春を謳歌《おうか》せず、ぺらっぺらの人生を歩んできたけど!

「ははは、良いね。若くて。大いに悩め、若者よ。愛にも正義にもたった1つの答えなどないけれど、答えを追い求めることだけはきっと正解だ。君なら最高の選択をするだろう。その選択肢は2つだけではないかもしれないしね。君の甲斐性《かいしょう》次第だが」

俺は田中さんを見て頷《うなず》く。

贅沢《ぜいたく》な悩みだが、しっかり俺なりの答えを出そうと思った。

「それにしても本当にすごい力だな。説明は聞いたが、相当にバカげた力だ。瞬間移動、人類の夢だよ。そしてどんな創作物においても最強に属する能力だ。雷か……」

「どこにでもってわけではないし、結構制約多いんですけど、正直この力はすごいです。まだ使いこなせてないですけど、もっと練習して強くなります！」

「そうか、それがいい。A級ダンジョンのソロ攻略もまだだしね。いつかあのアーノルドにも勝ってもらわないとな！　ははは！」

「本当に化物でしたよ、さすがは超越者。世界は広いですね。あんなのがあと5人もいるなんて。あ、そうそう、そういう意味でいえばこの世界にもう一人超越者が誕生しましたよ。なので6人ですね」

「はぁ!?」

俺は軽い感じで田中さんに説明する。

その超越者とは、レイナのことだった。

「レイナはソフィアさんの力で魔力を封印されてました。今魔力が100万を超えているんで超越者になりました。それに付随してなんかすごい力手に入れてました」

「そ、そうなのか!?　それはこの国にとって一大事だぞ。だが……そうか、そんなことが……隠すべきか発表するべきか……」

田中さんが悩んでいるが、こういうことは俺ではなく田中さんに委ねたほうがいいだろう。

後は任せた、大いに悩んでください。田中さん！

「あ、その前に俺のS級ってどうします？　正直、今ネットニュースがすごいんですが」

あの日の戦いは日本中に広まっている。

俺は一躍有名人だ、といっても良い評判よりは悪い評判が多い。

理由は分かっているから、反論する気もないが、結構批判というのは心にくるもので。

「あ、あぁ。それについては後で連絡しようと思ってたんだ。副会長が今日色々含めて会長と会議を行っている。夜に会見をするそうだが。そこで説明があるらしい。問題ないことを願うが」

「副会長？　ダンジョン協会の副会長ですよね。あったことないですけど……どんな人なんです？」

「そうだね……策略家とでも言うのだろうか、正直私とは合わなくてね。はは、これでは陰口のようになってしまうな。だがあの人はあの人なりの正義を持っている人だよ」

田中さんが言うには副会長は田中さん、さらに言えば景虎会長とも方向性が全く違う人らしい。

だが、昨日の協会の有事の時もいなかったし俺もテレビでは見たことあるが直接会ったことはない。

名前は、確か悪沢《わるさわ》さん。

「あ、そうなんですね。とりあえず問題は……無いことを祈りますが、まぁ正直どんな処分も受け入れるしか」

「……君の力は世界中に知れ渡ってしまった。詳細はわからないだろうが、その転移の力もね。今後間違いなく世界の中心になっていくだろう」

「はは……じゃあ俺はA級キューブ攻略の準備をします。龍の島奪還作戦までには攻略しておきたいので」

「わかった、沖縄のキューブにはいつでも行ってもらって構わないようになっているからまたやるときには連絡だけしてくれ」

「はい！　よし、凪。話は終わったから帰ろうか」

「はーい。田中《たなか》さんお世話になりました!!」

俺達が帰ろうとすると、田中さんが何か聞きたいことがあるのか引き留めた。

「あ！　灰君！　そういえば君って協会のスカウト受付設定はどうしている？」

「スカウト受付設定？……なんでしたっけ？」

「攻略者資格を登録したときの各ギルドのスカウトからのコンタクトをどうするかの奴だ。不可、自由、協会経由の3つを選べる。基本みんな自由にしているが……」

「あぁ、自由が一番スカウトを受けやすいって言われたからそのままですね。俺はE級だったから来るわけないと思ってましたが」

「そうか……なら変えておいたほうがいい。多くのギルドが君の存在を知ってしまったからね」

「了解です、明日変えておきます」

ダンジョン協会に登録しているギルドのスカウトなら、個人情報を閲覧できるシステム。

といっても閲覧できるのは協会に登録してある基本情報のみだが、住所も登録されている。

ただし、ギルドのスカウトは身分も明かして閲覧するため履歴は残る。

だから別に悪意ある使い方ができるわけではないが、他の上位の攻略者は不可、もしくは協会経由のみにしているそうだ。

でなければ自宅にスカウトが頻繁にくるからだ。

「では失礼します！」

「失礼します、田中さん！」

そして俺と凪は家へと帰ることにした。

彩《あや》からメッセージが10通ぐらい来ていて怖いが、既読にせず少し落ち着いたら見ることにしよう。

画面が割れてて見れなかったって言い訳通用するかな。

◇しばらく後、灰の自宅

「扉壊れてるけど……中はそんなに荒らされてないか」

家に帰ると俺の家の扉が壊されていた。

おそらく滅神教《めつじんきょう》がまずは俺を狙ってきたのだろう。

だが、ここに俺はいなかったので協会を襲ったと。

「うわーー。よかったね、沖縄にいて」

「そうだな、本当に運がいい。とりあえず根津《ねづ》さんに言って修理してもらおっか」

「うん！」

修理業者はすぐに来てくれてその日のうちに扉は修理される。

俺はその間ライトニング戦でバキバキにされたスマホの修理依頼もしにいった。

凪にもこれを機にスマホを購入することにする。

連絡はいつでも取れる方がいい。一番高い機種にしてやったら喜んでいた。

「では、明日朝に仕上がりますので！」

丁度良い時間なので、俺と凪はご飯を食べて会長の会見を自宅で待った。

「そういえば凪。中学校にはいつから行くんだ？」

「いかなきゃだめ？」

「だめ」

「えー。私アヴァロンに入りたい！」

「卒業したらな。義務教育は受けなさい！　お兄ちゃんが許しません！」

「やれやれ、過保護な兄を持つと大変だ。わかった、ちゃんと申し込む」

「うん、制服姿楽しみにしているぞ！」

「それは私も楽しみ。あ、始まったみたい！」

俺達がテレビを見ながら談笑しているとその会見は始まった。

悪沢副会長が、登壇し日本中に向け会見を始める。

でっぷり太った悪代官のような見た目をしている悪沢副会長。確かC級覚醒者だけど東大出身で政治家の二世だとか。

年は40ほどだろうか、悪く言えばどこにでもいる太った中年。

その悪沢副会長が話し出す。

「日本ダンジョン協会副会長、悪沢誠司《せいじ》です。先日のテロ行為についてですが、まずは滅《めっ》神教《じんきょう》については、４名のＳ級覚醒者全員の死亡を確認しました。加えて被害についてですが……」

そうして悪沢副会長は事の詳細を発表していく。

戦死者の数や、被害、今後の対応と復旧についてなどなど。

「そして最後に、皆さんが気になっていると思われる天地《あまち》灰《かい》という少年ですが、日本人でありＳ級であることが認められました」

その瞬間記者達の声が漏れて会場がざわつく。

日本にＳ級、その６人目が現れたからだ。

俺はそれを見ながら固唾を呑む。

「そして先ほど日本ダンジョン協会役員会議にて賛成過半数で決定いたしました。……天地灰の日本ダンジョン協会が発行する攻略者資格を――」

「え？」

「――剝奪することにいたします」

◇時は少し戻り日本ダンジョン協会東京支部　臨時施設

修繕中のダンジョン協会東京支部の代わりに、無事だった付近のビルを借りた臨時施設。

その大会議室で、会議が行われていた。

「今回の騒動、どう責任を取られるおつもりですか？　景虎《かげとら》会長」

「待ってください！　なぜ会長が責任を取らなくてはならないのですか!!」

副会長の悪沢が景虎会長の責任を追及する。

それに椿《つばき》が反論した。

ケガも完治していないが治癒魔法によって最低限の治療を終えている。

「当たり前でしょう。何人死んだと思ってるんですか、こういう時トップの首を切るのが我々の国の常識でしょう？　責任者は責任を取るためにいるのですよ？」

「くっ！　ならその場から逃げたあなたはどうなんですか!!」

その悪沢の発言は、日本の伝統ともいえる流れ。

何か不祥事があればトップが辞職するのは、当然という日本の風習。

「まさかC級の私に戦えと？　そういっているのですか？　それは責任転嫁では？」

「なにを!!」

「椿や。もうよい……わかった。では儂《わし》は会長職を辞職する」

「会長!!　いけません！　この国にはまだあなたが必要です！」

「別にこの国から消えるわけではない。協会職員としては在籍しておくから何かあったら相談に乗るし、助けもする。仕事は優秀なお前達がおるから問題ないじゃろ？」

「し、しかし……」

「よい。儂を信じろ」

「では、採決を取りましょう。会長の辞職に賛成の方は挙手を」

「な!?」

その場にいる役員たちの過半数が手を挙げる。

そのどれもが副会長派の者達だった。副会長は少しずつ手を回しておりこの機をうかがっていた。

「お、お前達！　会長に恩があるのを忘れたのか!!」

椿が怒りを込めて叫ぶ。

「違うんですよ、椿さん。これを見たらあなたも意見が変わるかもしれません」

すると悪沢が画面に資料を映し出す。

そこには天地灰のあらゆる情報が載っていた。

「黄金のキューブ生還者、天地灰。あれから私は独自に調べましてね、彼のことを念入りに。するとどうですか、出るわ出るわ、黒いものが。元E級なのにS級になった理由はわかりませんが……これをごらんください」

そこに映像が流れる。

キューブの安全のために設置された監視カメラ。

だが、これは悪沢が証拠を押さえるために自身で設置したカメラで景虎すら存在を知らない。

「このキューブは、アヴァロンが受注し攻略するはずです。ですが一向に攻略される気配がない。しかし……」

直後そのキューブが開き、休眠状態になる。

しかし映像には攻略者が誰も映らない。

だがそこには本当はミラージュを発動させて映像に映っていないだけの灰がいる。

それを見て景虎も目を閉じた。

協会の映像はすべて削除していたため、悪沢が自身で設置したものであることを理解する。

「このキューブの攻略者は申請では天地灰と他アヴァロンメンバー。他にもこのようなメンバーで攻略されたと報告されているキューブは存在しています。そこから彼の交友関係を調べていくと、田中一誠《いっせい》。アヴァロンの副代表と親しいではないですか。結局証拠もないので、推論ですがね？　おそらくアヴァロンに依頼したキューブ攻略をこの少年が一人で行ったのではないですか？　あの黄金のキューブの中で田中一誠と天地灰が知り合ったことは想像に容易《たやす》いですしね。見えないのは何か特別な力ですかな」

悪沢《わるさわ》の読みは正しかった。

少しずつ証拠を集め、アヴァロンが受注したキューブにカメラを設置して異常を見つける。

そういった裏工作には長《た》けた男。景虎と田中の隠蔽は完璧で直接証拠はないが、状況証拠をかき集めていた。

「それで、彼をどうする気じゃ」

「私としては法にのっとり訴えてもいいのですが。日本の攻略者資格の剥奪で我慢します。穏便にいきたいのでね」

「なぁ!?　S級の資格を剥奪するというのか!!　悪沢さん!　それはどういうことかわかっているのですか!?　日本の数少ない戦力を!!」

「扱えない力など不要です。彼は人間性に問題があるのでは?　協会のルールを破り、アーノルド殿にも暴行を加えた。それを戦力として数えろと?　米国との関係を悪化させてまでですか?　私はそうは思いませんな」

「し、しかし!　それではS級の彼を野放しにすると?　それこそ危険ではないですか!!」

「資格を剥奪されたのに、それでもその力を自己のために振るうというのなら、私は躊躇《ちゅうちょ》なく米国に彼の討伐依頼をだします。それこそアーノルド殿がでてくるかもしれませんね。所詮はたった一人のS級、犯罪者となるのなら仕方ありません。強者だからとルールを変えてしまってはルールの意味がないでしょう」

「そ、それは……」

悪沢の言い分にも一理あり、椿は思わず止まってしまう。

（これで国の会長は私だな……）

日本のS級、天道龍之介《てんどうりゅうのすけ》、銀野《ぎんの》レイナ、龍園寺《りゅうえんじ》彩、そして景虎本人。

実に5人中4人が景虎の一派であり、S級が結託して歯向かってきたら国民の意思も動きかねない。

そのため、灰の資格を剥奪し景虎の力を削《そ》ごうとする悪沢の戦略。

そして穏便にと言いながらも何かしたら法を使うぞという脅し。

（……まぁ色々と圧力はあったが、それはそれで利用させてもらう）

悪沢は心の中でつぶやく。

「そんなことせんでも、反旗など翻さんというのに。だが彼を失うということがどれほどこの国にとって痛手かわかっておるのか？」

「民意に聞いてみますか？　おそらく大多数が賛成するかと思いますが？」

「灰君とアーノルドの戦いが悪意ある加工を施されネットで流れておる、誰の仕業かはわからんがな。だが彼の人間性を知らず行ったことだけで語るならば確かにそうじゃ。灰君はルールを破った。しかし彼にも事情がある」

「人間性とは、どう思うかではなく、どんなことをしてきたかです」

「そこを分けて考えるのがお前の悪い癖じゃ。どう思って行動したか、結果しか追い求めると本質は見えてこん。灰君は正義も悪も自分の中に確かに持っておる強い子じゃよ」

その言葉に悪沢は目を閉じ、反論しない。

そして採決が行われた。

過半数の賛成により、天地灰の攻略者資格の剝奪が決定する。

結果は分かり切っていた、もはや日本ダンジョン協会は悪沢のものとなる。

「では、以上です。今までお疲れさまでした、景虎会長」

「せいぜいのんびり余生を過ごすことにするわい。だが悪沢よ、本当に危なくなったとき。その時はプライドを捨てこの国を守る代表として助けを求めて来い」

「……ふふ、言われずともわかっていますよ」

そして会議は終了した。

（まぁよい。これで儂もあの件について自由に調べられる……しばらくは悪沢に矢面に立ってもらおうかのう）

会長だけは、何か別の考えをもって。

そして、しばらくして始まったのが記者会見。

◇灰視点
「攻略者資格を剝奪することにいたします。理由としては今回のアーノルド・アルテウス殿に対する不当な暴行が原因です。これは米国も了解した処分ですが、剝奪に留《とど》め法的な処罰は与えないと決定しております」

「そっか、剝奪されたか。さすがにお咎《とが》めなしとはいかないな。でもそれぐらいですんでよかった。傍《はた》から見ればただの暴行罪だし」

「お兄ちゃん……」

「大丈夫、剝奪されたぐらいじゃ問題ないよ。安心しろ」

だが俺は今後どうするべきかを考えていた。

ダンジョンに無断で入ることはできる。ライトニングとミラージュがあればバレることもないだろう。

それでも剝奪されたのなら、今後どう動くべきか。

そこから淡々と灰が資格を剝奪された理由を説明する悪沢。

「そして最後に、龍園寺景虎会長は今回の騒動の責任を取るため、また高齢による体調不良を訴えたため本日をもって会長職を辞することが決定しました」

「はぁ!?　なんだよ、それ……」

「お兄ちゃん……景虎会長辞めちゃうの？」

「体調不良のわけないし、責任……なんで会長が……俺のせいかな……」

その後質疑応答の時間が始まるが、俺はテレビを消す。

ネットニュースでは、ルール破りのS級、即追放との記事がすでに上がっている。

相変わらずこういうニュースは早いな。

俺はどうするべきかと田中《たなか》さんに連絡しようとしたが、そういえばスマホは修理中だった。

ライトニングで田中さんの家まで行こうか。それにしても田中さんも今知ったのだろうか。

少なくともさっきまでは知らなかったはず。

俺がどうしようかと考えている時だった。

ピーンポーン

俺の家のインターホンが鳴る。

「宅配？　凪《なぎ》なんか頼んだ？」

「ううん、なにも」

「誰だろう……ちょっと出てくる」

俺はそのままインターホンに出る。

「はーい、どちら様ですか？」

「あ！　いきなり夜分遅くに大変申し訳ございません、初めまして。天地《あまち》灰《かい》様。私、ハオ・ユーと申します」

「ハオさん。（知らない名前だ……黒スーツ、もしかしてダンジョン協会？）……どうしました？　もしかして資格剥奪の件ですか⁉」

俺はそのインターホン越しに見えるハオさんを観察する。

アジア系の顔で、中国人だろうか？　雰囲気はそっち系に見えるがビシッとビジネススーツを着ている。

とても親しみやすい笑顔で、俺は少し心を開いてしまった。

これがプロの営業マンだとしたらさすがだ。俺はもはや玄関に上げてもいいとすら思っている。

「あ！　いまテレビをご覧になったようですね。ご安心ください、私は剥奪しに来たわけではございません。むしろ灰様にとって魅力的なご提案に参った次第です。あ、申し遅れました、私……」

そういってハオさんはポケットから名刺をだし、それを画面に映した。

そこには、剣と槍《やり》が交差するロゴマーク。

それは最強の証《あかし》。

世界1、2を争うギルドの名前。

「私、中国の闘神ギルドから参りました。スカウトのハオと申します!!」

「さすがですね！　素晴らしいお住まいです！　いやーよかった。灰様がスカウト受付を自由にされていて。上位の攻略者の方は基本的に協会経由か、不可にされていますので」

俺はハオさんを家に上げていた。

ステータスを見るに、D級であり特段危険だとは思わなかったからだ。

それに、正直気になる。

世界最強を争うギルドが俺に何の用事なのか。

俺とハオさんは机をはさんで向かい合う。

凪がソファから顔を出してこちらを窺っているが、猫みたいで可愛《かわい》い。

「まずはこの度は資格剝奪、大変心を痛めているかと思います。そのような状況でお話を聞いてくださりありがとうございます」

ハオさんが立ち上がって、これでもかというほどに深々と頭を下げる。

「事情の詳細まではわかっておりませんが、灰様なりの正義があったと私この目で見て感じました。心の強さとでもいうのでしょうか、私年甲斐《としがい》もなく震えました。あの世界最強の暴君に真っ向から立ち向かう者など、我が中華の大英雄ぐらいのものと思っておりましたので」

そういうハオさんの年は40ぐらいだろうか、優しいおっちゃんという感じ。

多分スカウトはこういう親しみやすい人の方が向いているのだろう。バリバリエリートマンよりは営業にむいているのかもしれない。

そして大英雄、おそらく闘神ギルドのギルドマスターのことを言っているのだろう。

彼は中華の歴史上最強の大英雄と呼ばれているのだから。

「いえ、その軽率な行動がこの結果になりましたから」

「違いますよ灰さん。相手があのアーノルドだからこの結果なのです。強い方に正義が傾く。これが逆なら灰さんのお咎めなしだったでしょう。だから灰さんが悪かったなどとは私達は思っておりません。すでに無力化されているのに皆殺しを強行したアーノルドにも非があるのだというのが我々の見解です。そしてあの女性は……銀野レイナ様の肉親であったことも調べがついております。アーノルドに傷つけられたものは彼がスキル解除しない限りは治癒で回復できないこともね」

「……そうですか、全部知られているんですね。はい。少し前が見えてませんでした」

俺はその言葉に少しだけ救われる。

先ほどの記者会見の後にネットでは俺が悪いと叩《たた》かれている。

SNSでは心無い言葉も投げられていたからだ。

『これもう滅神教《めつじんきょう》のスパイだろ』

『【悲報】自己中のイキッた少年、日本を危うく滅ぼしかける』

『こんな奴がS級とは世も末、剝奪は妥当。むしろ投獄するべき』

俺は仕方ないとは思いながらもそういった言葉に少しだけ心を傷つけられていた。

こういうものは見ない方がいいのだろうが、気になってしまうのは仕方ない。

彼らは事情を何も知らないので、俺がやったことだけを切り取れば完全に俺が悪だし批判されるのも仕方ない。

いや、事情を知ってても同じか。

そもそも俺の自己満足でアーノルドをぶん殴ったのは事実だからだ。

「悪くないですか……少し……嬉《うれ》しいです」

「お兄ちゃんは何も悪くないよ!!　だってレイナさんのお母さんを助けようとしただけだもん!!」

横で凪がソファから顔を出して抗議してくる。

万の批判も凪のこの言葉1つで何とも思わなくなるのだから妹とは不思議だ。

「我々のマスターもそう思っておりますよ、灰さん。それでですね、話を本題に戻します」

「あ、はい」

「まず残念ですが剥奪はもう決定しております。日本ダンジョン協会が発行する攻略者資格がです。その結果どうなるかというと日本ダンジョン協会に所属しているギルドには在籍することができません。つまりはアヴァロンにもということです」

「そうなんですね……あまり仕組みには詳しくなくて……」

「説明させていただきますね。そもそもダンジョン協会の組織図をご存じでしょうか」

そういうとハオさんは鞄《かばん》からタブレットを取り出して何かしらの資料を見せてくれる。

「ダンジョン協会とは各国に存在する世界的組織です。そのトップがダンジョン協会本部、これはアメリカのNYにあります。これが実質のトップとなりアメリカのダンジョン協会でもあります。かの国はやはり世界的に影響が大きく、中心だというのは昔から変わりませんね」

日本のダンジョン協会は、日本ダンジョン協会と呼ばれる。

中国なら、中国ダンジョン協会、ドイツならドイツダンジョン協会と大国にはそれぞれダンジョン協会がある。

その統括のようなものが、NYにあるダンジョン協会本部となる。

通称『世界ダンジョン協会』とも呼ばれるそうだ。

そっちのほうがわかりやすいので俺はそう呼ぶことにする。

「各国の協会にそれぞれ攻略者の管理は委任しております、いうなれば巨大なフランチャイズとでもいいましょうか」

聞き慣れない言葉だが、たとえばコンビニのようなものらしい。

某大手コンビニチェーンは、本部があるが、全国各地に支店のようにコンビニが立ち並ぶ。

それぞれのコンビニ運営については、契約しているオーナーに一任するという形だ。

そのコンビニのオーナーが会長で、アルバイト達が、いうなれば攻略者や職員なのだろう。

「そういう形なんですね。で、それがどういうことなのでしょう」

「はい、ここからが本題なのですが我が国は、そして我が闘神ギルドはあなたを仲間として迎える用意があります。灰様とアーノルド殿のことはありますが……まぁ我が国はあの国と仲良しこよしというわけでもありませんので。それに我らが大英雄ぐらいでしょう、あのアーノルドの武力、いや暴力に対抗できるのは」

「え？　それって……スカウトということですか？」

「はい!!　灰様に限り、我が国の協会で攻略者資格を再発行できるということです。これは我が国の政府も認めていて特例中の特例なんです。有能な覚醒者をお招きするために。中国籍は欲しいと思ったときで結構です。詳細はまたおいおい話すとして、我々が灰様に提供できる最も有益なものといえば、我が国の管理するキューブに限り闘神ギルドのメンバーは自由に入る権利を得られます。ただしS級キューブ以外ですがね。どうでしょうか」

「それは日本を捨てるという事ですか？」

俺が、その提案は日本を離れろと言うことなのかとハオさんに怪訝《けげん》な顔で問う。

すると慌てたように、訂正するハオさん。

「いやいや、そんなことはありません。なんなら日本に住んでいただいても結構。ただし在籍していただく代わりに、我が国の有事の際はそのお力をお借りしたい。特に月に一度ですが我が国で今だに崩壊し続けているS級キューブから現れる魔物の対処です。色々と制約はあるのですが焦る必要はございません。まずはどうでしょう」

　そしてにっこり笑ってハオさんは俺に提案する。

「我が国の闘神ギルド本部を見に来られては。我らが大英雄『王《ワン》』さんもあなたに心から会いたがっておりますよ」

　外国に渡るという提案を。

◇アヴァロン　田中の部屋

「会長！　一体なにが!!」

景虎《かげとら》は会議の後、アヴァロンへと向かっていた。

先ほど会見を部屋で見た田中がすぐに景虎のもとへ向かおうとしたところ、景虎がこちらへ向かっているとのことだった。

灰にも連絡したが連絡がつかなかったため、先に景虎会長に事情を聞くことにした。

灰のスマホは画面がバキバキに割れてしまったので修理中である。

「久しぶりにきたのぉ、アヴァロン。さすが民間。めちゃくちゃ豪華じゃ、金持っとるの」

「会長！　悠長なことを言っている場合ですか!!」

「落ち着きなさい、田中君。あと会長は辞めたので景虎さん、もしくはお爺《じい》ちゃんでもよいぞ」

「何を冗談を言っているのですか、会長。落ち着いていられませんよ。なぜ灰君《かい》が資格剝奪されて、会長が辞さねばならぬのですか!!」

「それがな……」

景虎は事の顚末《てんまつ》をすべて田中《たなか》に話す。

灰が単独でキューブを攻略したことがばれたこと。

そして悪沢《わるさわ》が米国と話をつけて灰の資格を剝奪することでアーノルドに対する攻撃の罪を帳消しにしてもらったこと。

ただし証拠はないので、アヴァロンには何の影響もないということも。

「……そうですか。確かにアーノルドの件は痛手でした。世界中に放送されて、隠すことはできない。米国がそれを望んだというのなら……」

「いや、あのアーノルドが灰君の資格剝奪を望んだとも思えん。そういう事をするタイプではない。何か裏があるやもしれんな」

「剝奪することが狙いだと？」

「その可能性も多いにある。何か別の……政治的な力が働いているのじゃろう。灰君にこの国から外に目を向けさせようとする力が。悪沢はあれでこの国を守ろうと思っているからな、手段は褒められたものではないが、大国に従属することが日本の未来のためだと思っておる。それが間違ってるとは言わんがあまり儂《わし》とは考えがあわん……おそらく今回の件も外交上の取引があったと思っておる。灰君をこの国から追放し、外に目を向けさせろとな」

「……」

「……」

田中と景虎が向かい合う。

そして2人は何かに気づいたようにうなずいた。

「私も今、2つの国が思い浮かびました。彼の力を欲しているであろう大国の力が」

「そうじゃな、良くも悪くも彼の力を世界中が知ってしまった。その特異性も、あの眼《め》のことは別としてもな。理解できていないのはこの国の国民達ぐらいかもしれん、悲しいことに」

「なんて馬鹿なんだと憤りを感じています。彼を手放すことがどれほど国益を損なうのか理解できていない。ネットでは灰君叩きが始まっているのですよ、ありえない。なぜこの国は成功しようとしている若者をつぶしたがるのか、広い目で見れば自分達の利益になるというのに」

「それすらも情報操作をしているものがおるのかもしれんな。そういったことはこの国は疎いからの……もしかしたら本当にただの嫉妬だけかもしれんが」

景虎と田中はため息を吐《つ》いて今度について話し合う。

とりあえず景虎はしばらく様子を見て、田中は情報を集めるという方向で決定した。

「では、私は今から灰君の家にいって事情を説明してきます。今後考えられるかの国からのアプローチに関しても聞かないようにと」

「いや、田中君。儂は灰君がその申し出を受けてもいいと思っておる」

「な!? それは灰君が他国に行ってもいいという事ですか!? それはだめでしょう!!」

「いや、違う。力を他の国で蓄えてもいいということだ。文字通りキューブの数も桁が違うし、この国より随分と自由にできる。日本にはA級キューブですらたった3つしかないのじゃからな。だから力を蓄え、そしてこの国に帰ってきてもらう。大丈夫、彼が金で転ぶような男ではないと知っているじゃろ、ここには彩《あや》とレイナがいる。そして何より凪《なぎ》ちゃんもな。灰君にとって守りたい存在がたくさんこの国にはいる。何かあれば必ず手を貸してくれるじゃろう」

「……確かにそうですね。灰君ならこの国の危機を必ず救ってくれる。だが強くなければ何も為《な》せない、ならば強くなってもらいましょう。青臭い思いを貫けるほどには」

「しかも瞬間移動、別にどの国にいようが問題ないじゃろう、呼べばすぐくるんじゃから! ガハハ!!」

「ははは! それはその通りだ。今や彼に距離という概念はないのでした。ならばどこで過ごそうが問題ない。電話一本で来てくれるのですから、電波と同じ速さで」

「うむ、じゃから灰君には受けるように促してくれるか? かならず一回り大きくなって帰ってくる。いや彼なら十回りは大きくなるかもしれんな」

「わかりました、彼ならばさらに強く、もしかしたらアーノルドにも届きうると私は思っています」

「儂もじゃよ」

田中と景虎は再度笑い合う。

そうして田中は一度景虎と解散し、灰の家へと向かった。

◇一方　灰の家

「闘神ギルドをですか？」

「はい！　我がギルドマスター王さんも大変灰さんを気に入っておりまして、是非会いたいと熱望しておられます。どうでしょう、一度旅行がてら来ていただくのは。最高のおもてなしをさせていただきますよ。それはもうＶＩＰの中のＶＩＰ対応ですよ、旅費から何からこちらで準備させていただきます!!」

「それは……すごいですね」

「お兄ちゃん、旅行？　ワクワク！」

凪が少しワクワクして俺を見る。

旅行という言葉に弱いお年頃、沖縄の時と同じ反応だ。

しかも今回は海外なのだからなおさらだろう。

(見に行くだけなら……いいかもしれないな)

「灰さんが望まれるなら明日にでもいけますとも、我がギルドは実は中国政府直属の組織でもあるのです、ですから多少の希望は何でも通りますよ！」

　そしてハオさんが小さな声で耳打ちをする。

「中国の女性は綺麗《きれい》ですよ？　灰さんほどの力と、その容姿なら全員望まれます、何がとはいいませんがね。ふふふ。綺麗どころ用意してます」

（え？　それはエッチな感じですか!?）

　一瞬期待したが、すぐに頭を振り邪念を払う。

　俺には彩とレイナがいる。

　もうこの時点で浮気なのだが、ここまではセーフ！　多分セーフ！

「ゴホン!!　それは非常に残念ですが、今は大丈夫です。ですがそうですね……凪も連れていってもいいでしょうか？」

「それはもちろん!!」

（まぁ見るだけだし行ってみるか。海外って行ったことないんだよな……田中さんと会長に相談して入るかどうかは決めよう）

「わかりました、前向きに検討します。明日には連絡するので連絡先を頂けますか？」

「了解いたしました、良い返事をお待ちしております。あ、そうそう、最後になりますが米国よりは必ず待遇をよくしてみせますのでよろしくお願いしますね！」

　そういってハオさんは資料をいくつか残して帰っていった。

　その最後の言葉を理解できなかった俺は、すぐに気づく。

ピーンポーン
「あれ？　ハオさん忘れ物かな？　はーい」

「あ、初めまして。天地灰《あまち》様。私アメリカのギルド『USA』のスカウトのものですが！」

そして全く同じような話が始まった。

「では、残念ですが出直します。いやー急いできたのですが地の理がでてしまいましたね。あちらのほうが物理的に距離が近い」

そういってUSAのスカウトさんは説明だけしていって頭を下げた。

米国は、少しだけ組織形態が異なり軍に所属する形になるとのこと。

そのため米国籍は必ず取得することになるが、それも全部やってくれるし待遇はハリウッドスター並み。

どの国もS級を確保するということは今や死活問題で、絶対に来てほしいと強く説得された。

一番の理由はS級キューブのダンジョン崩壊の対処。

今なお多くのS級達が日々現れるS級の魔物の対処を交代で行っている。

それはS級にしかできず、失敗したのなら国が亡《ほろ》びる。

ならばいくらお金をかけようともS級を確保することが重要だ。

とはいえ、先に話を頂いたほうを優先させてもらうと告げるとそれ以上は食い下がらずとても残念そうに出直すと言っていた。

「お兄ちゃん、成り上がりって感じだね。どっちも私でも聞いたことあるギルドだよ？　すごい」

「あぁ……でも、とりあえず田中さんに相談しにいくよ」

俺がライトニングを発動し、田中さんの影へと転移しようとした。

でもいきなり転移は失礼だろうから、普通に会いにいったほうがいいか？

ピーンポーン
そう思った瞬間またインターホンが鳴る。

「もしかしてまたスカウトか？　はーい……って、田中さん！　来てくれたんですね」

「あぁ、話したいことがお互いたくさんあると思ってね。いいかな？」

俺は田中さんをそのまま家に招き入れる。

そういえばスマホが修理中だから直接きてくれたんだろう、連絡しておけばよかった。

「初めて灰君の家にきたが随分いいところになったね、前の六畳一間が懐かしい。こんばんは、凪ちゃん」

「こんばんは！　田中さん！」

「それで田中さん、一体なにが……」

それから田中さんは事の顛末をすべて話してくれた。

俺がなぜ資格剝奪になったのか、悪沢という副会長の思惑だということ、そして景虎《かげとら》会長がやめたこと。

「そうですか……俺のせいで」

「いや、これは私も景虎会長も了解していたことだ。リスクは確かにあったがそのおかげで君は成長し、私も会長も助かった。何も後悔はしていないよ。結果君はこの国を救った。たとえこの結末がわかっていても私も会長も同じ選択をしただろう」

優しく微笑《ほほえ》む田中《たなか》さん、それは心からの言葉だろう。

俺はそれでもすみませんと謝る。

その後田中さんは、ハオさんが机に置いていった闘神ギルドの資料を見る。

俺はスカウトが来たことを話した。

「もう来たのか。さすがだな。で、灰君。スカウトの話、受けるべきだというのが私と会長の判断だ。必ず君の血肉となる、残念ながら君の攻略者資格剝奪はもはや民意となってしまい止められない」

「そうですか……はは、まぁ嫌われるのは慣れてます」

そういう俺の声は多分少し力がなかった。

嫌われるのは慣れているが、それでも国中からここまでバッシングをされるとは思わなかった。もちろん何も知らなければ俺は異常犯罪者に見えただろう。事情を知っててもそれはそうなのだが。

ネットでは俺を叩《たた》く声はさらに大きくなっていく。

せめて凪には影響がなければいいが。

俺のその様子を見て、田中さんが立ち上がる。

「……すまない、灰《かい》君。この国の国民に代わって君に謝罪する。だが断片的な情報だけで君の本質を知らない人の言葉なんて聞く必要はない。それでも万の賞賛よりも一の批判のほうが心をえぐる場合もある、本当にすまない。誹《ひ》謗中傷《ぼうちゅうしょう》の数々、私が対処しておこう」

「いいんですよ、田中さんが謝ることじゃないですよ。ルールを破ったのは俺ですし、これぐらい甘んじて受けます。じゃあ……闘神ギルドを少し見てみようと思うんです。もしかしたらA級キューブも攻略させてもらえるかもしれませんしね。それにハオさんが結構いい人で」

「そうか、私もそれがいいと思う。あそこの代表とは会ったことがあるが……若くカリスマがあり正義を持っている。そうだな……端的に言えばかっこいい男だ。そういえば君に少し似ている気もする。目元なんかがね、年も近いし」

「そうなんですね、中華の大英雄と呼ばれていると聞きましたが」

「あぁ、知っているか？　彼の伝説を」

「はい、ネット情報だけですが……」

中華の大英雄、闘神ギルドのギルドマスターは、中国を、いや世界を救っている。

ダンジョン崩壊が日常だった昔、中国にある物言わぬキューブが突如ダンジョン崩壊を起こした。

それは世界で数個しか確認されていない禍々《まがまが》しい紫色だった。

のちに知られることになるその色はS級キューブの証《あかし》。

それまで静かに佇《たたず》んでいただけのそのキューブは、真っ黒なキューブとなり魔物が溢《あふ》れた。

今思えばキューブの魔力が限界まで溜《た》まったのだろう。

そして起きたのが、S級キューブのダンジョン崩壊、破滅の軍団の登場だった。

それは本当に地獄だったらしい。

当時多くの上位攻略者が抵抗したが紙屑《かみくず》のように殺された。

中国のS級キューブの魔物は鬼、つまりはオーガ種のキューブだ。

そのS級の魔力を持った鬼の大軍が、次々と現れる。

想像してほしい。

会長や天道《てんどう》さん並みの強さの鬼が100以上の数で群れているのを。

それはもはや死の軍団、世界を破滅に導く絶望の鬼。

どれだけの人が死んだか、もはや中国という国には滅びの道しか残されていなかった。

事態を重く見た国連は米国を代表とする世界連合軍の発足を承認。

中国は世界からの軍事介入を余儀なくされる。

そこにはあのアーノルドもいたらしい。

それは実質、国の実権の放棄と同義だった。

中国という巨大な国家は、魔物によって滅びる寸前まで追い詰められた。

だが、人類史上最強のその連合軍が出撃することはなかった。

なぜなら当時16歳だった一人の少年にすべての鬼が滅ぼされたから。

それが、救国の大英雄、闘神ギルドのマスター、頂点の一人、超越者。

アーノルドと並ぶ世界最強の一角、名を。

「王偉《ワンウェイ》、今は確か25、6歳ほどじゃないかな。10年前だったはずだからね、S級キューブ崩壊は。安心するといい、素晴らしい人柄の人物だ」

「王さんですか……楽しみです。俺に会いたいらしいんで。じゃあ明後日《あさって》には出発しようと思います！」

「あぁ、わかった。しばらく私も忙しいのでね、会長にもそう伝えておく。あぁ彩《あや》君とレイナ君にはちゃんと自分で伝えるようにね？」

「……えーはは、はい……」

そういえば、あんな感じで出て行ってしまったが怒っているだろうか……いや、怒ってるな。

彩のことは多分好きだ、でもレイナにぐっと来てしまったのは本当だ。

俺って一途《いちず》だと思ってたけど浮気性なのか？　いや、あれで何も感じない男がいるなら教えて欲しい。

「では、私はいくよ。また近況を教えてくれ。ちなみに龍の島奪還作戦は延期になった。また状況は報告するよ。会長が代わったからね、色々大変なんだ」

「あ、そうなんですね。わかりました」

そういって田中さんは帰ってしまった。

景虎会長にも明日挨拶して準備をしようと思う。

「お兄ちゃん、大変だね。色々と、ちなみに彩さんとレイナさんどっちがいいの？」

「やめろ妹よ、その答えを考えることを今は放棄しているんだ。兄の気持ちもわかってくれ。不誠実だが……」

俺はもしかしたら彩のことが好きなのかもしれないと沖縄の一件以来感じていた。

だが、レイナの笑顔を可愛《かわい》いと思ってしまう気持ちにも嘘は吐けない。

俺は本当にどちらが好きなのか全く分からなくなっていた。むしろ2人とも好きなのが正解なのか？　それはただの浮気男では？

そんな答えの出ない葛藤の中、俺は思考を放棄していた。

「私的には彩さんを本妻にして、レイナさんは愛人として囲うのが正解だと思うけどな。レイナさんは問題ないけどあとは彩さんか……嫉妬深そうだし……根回ししなきゃ。でもそれはそれで彩さん興奮しそう。隠れマゾだし。……ＮＴＲ」

「お前はずっと寝てたのにどこでそんな知識を得てくるんだ」

「はは、頑張れ。お兄ちゃん！　私は応援してるよ！ってことで疲れたから寝ます！」

凪《なぎ》はそういってお風呂に入って寝る準備を始めた。

俺も色々ありすぎて、思考するのを放棄したくなったのでその日は寝ることにした。

翌日、スマホを受け取って、ハオさんに中国へ見学にいくことを伝えた。

ハオさんはとても喜んでくれたが、営業も大変だな。

きっと是が非でも連れて来いと言われているのだろう。

「あ、もしもし彩？　ごめん。昨日はスマホを修理してて……うん、あ、田中さんと会長から聞いた？　大丈夫だって、確かにネットで叩かれてるけど全然気にしてないから。うん、うん。あ、そうそう明日中国にいくことになったから……そう、闘神ギルドに……しばらく会えないけど……え？　成田発の9時の便だけど……」

俺は彩に電話で事の顛末《てんまつ》をすべて伝える。

逃げたことを怒られると思ったが、案外声が優しかったので安心した。

集合時間と場所を聞かれたけど、心配なのかな、可愛い奴《やつ》め。

その日は凪と旅行に必要なものを買いに行ったりして、平和な日常を過ごす。

道行く人に後ろ指をさされることも多かったが気にしない。

さすがに面と向かって文句を言ってくる人はいなかった。

S級相手に喧嘩《けんか》を売るなんて自殺行為なので当たり前だが。

それに凪が俺に敵意を向けそうな相手全員に睨《にら》みを利かせていたのも理由かもしれない。

頼りになる妹だ。一応はA級で化物ではあるのだが。

◇そして翌日　中国へ行く日

俺は成田空港に来ていた。

ハオさんが空港で待っているはずなので、待ち合わせ場所へと向かう。

「楽しみだな」

「うん！　ほらみて！　昨日たくさん調べたんだ!!　いろんな所観光したいの！　確か上海だよね？　上海ガニ食べてみたい！　今が時期的に一番おいしいって!!」

凪が楽しそうにノートを見せてくる。

昨日夜遅くまで何をやってるのかと思ったが行きたいところなどをまとめていたようだ。

カニの絵にハートが描かれているあたりとても楽しみにしているんだろう。

見ていると俺も食べたくなってきた。

「いくらでも食わせてやるぞ。なんとハオさんにいくらでも使っていいと言われたカードをもらえるからな。それに２００万ぐらい中国のお金に換えてきた！　あんまり価値がわからんが」

「お兄ちゃん素敵!!　お兄ちゃんのとこの子になる!!　豪遊させて！」

俺は両替した中国のお金の札束を凪に見せて、その札束で優しくビンタする。

「ははは、よかったな。兄に溺愛されていて、ほら！　これがチャイナマネーだ！」

「あぁ！　４０００年の歴史の匂いがする!!」

初めての海外旅行にそんな馬鹿なテンションのまま俺達は待ち合わせ場所へと向かった。

「……待ち合わせ場所はこの辺だけど、あ、いたいた。ハオさん……え？」

そこにはハオさんがいた。

だが、ハオさんは少し苦笑いしている。

「なんで？」

「ありゃりゃ、これはまた波乱の予感？」

なぜなら空港を行く人々の目線を釘付《くぎづ》けにするほどの、黒と銀の美女に挟まれているからだ。

俺は今絶望的状況にいる。

空を飛ぶ鉄の檻《おり》に入れられ、両手も封じられている。

脱出することは不可能だ。

さて、どうしたものか。

「もう逃がしませんよ？　灰さん」

「灰の腕……がっちりしてる。触ってるとなぜか幸せ」

「逃げないので離してくれませんか？　２人とも。いや、ほんと。トイレ行きたいし」

俺は今中国行の飛行機に乗っている。

ファーストクラスで大きな椅子に座ってゆったりとした空の旅を楽しむはずだった。

だが、その両脇にはなぜかレイナと彩が座って俺の腕を逃がさないとばかりに摑《つか》んでいる。

レイナに関してはよくわからんが、俺の腕をまさぐっている。この子ちょっと変かもしれない。

「いやです。またライトニング‼　とかいって逃げそうですし」

「だから、彩。説明しただろ、中国に行かないとダメなんだからそんなことしないって」

「じゃあ飛行機にいる間だけでも逃がしません」

「だめだ、全然話が通じない……」

「お兄ちゃん両手に花だね。ダブルヒロインだね!!」

俺の様子を見て凪がクスクスと笑っている。

お前はいつも楽しそうでいいな、お兄ちゃんはその笑顔が見られて満足だよ。

ってレイナ痛い、引っ張りすぎ、あなた超越者だからね？　鉄ぐらい素手で引きちぎる力持ってるからね？

「ハオさん、すみません。急に2人も増えてしまって」

「いえいえ、お2人とも有名人ですから。まさか灰《かい》さんと恋仲だとは思いませんでしたが、しかも2人とも。羨ましい限りです」

「いえ、それは――」

「そうです！　返事は保留にされてますけど、恋仲になる予定です」

「私は気持ちは伝えたつもり。だから待ってる。いつまでも」

「もうやめて、そんなストレートに向けられると俺はどうすればいいかわからないから」

ハオさんの発言をすぐさま肯定する2人。

もう自重というものがなくて、俺としては正直戸惑っていた。

これだけ真っすぐな好意を向けられたこともなかったので、うまく躱《かわ》す方法もわからない。

「まぁいいです。これからゆっくりで……。今回は私も観光を楽しみます。ねぇー凪ちゃん」

「はい！　彩さんとレイナさんがいるなら安心です！　お兄ちゃんは忙しいみたいなので、3人で楽しみましょう！」

「えー……」

「私中華料理好き。たくさん食べたい」

「あの、俺も……」

「それでは私がおすすめのお店をご紹介します。お昼には到着しますからね、予約させていただきますよ！　3名様ですね」

「えぇー……」

どうやら3人で観光するようだ。俺は闘神ギルドの見学なので仕方ないがお兄ちゃん寂しい。

「ふふ、冗談だよ、お兄ちゃん！　夜はお兄ちゃんと一緒に食べたいな!!　私本場のフカヒレ食べたい!!」

「おぉ、凪よ。いつからそんな小悪魔的になって、俺の財布のひもも緩みっぱなしだぞ。いくらでも食べさせてやる」

下げてから上げられた俺は凪の思惑どおり高級中華を予約することになった。

本場の中華だ、正直楽しみ。

「……シートベルトをお締めください。間もなく上海空港、上海空港」

そうこうしているうちに俺達を乗せた飛行機は目的地についたようだ。

俺達はハオさんに連れられて、空港を出る。

特別なゲートを通らせてもらったため、並ぶ必要すらない。

さすがVIP待遇、ハリウッドスターとかが通るような道を通らせてもらえた。

今日は10月1日。

とても過ごしやすい秋。

中国は日本よりも若干暑いぐらいだが、気温的にはちょうどいい。

適温と言う感じ。

「では、灰さん。ここで皆様とは一旦お別れということで。本来は凪さんをホテルにご案内する予定でしたがお二方と観光されるようですので」

「あ、そうですね。じゃあ凪ここでいったん別れよっか」

俺が滞在するホテル名をハオさんに尋ねると、ハオさんは名刺を取り出し凪とレイナと彩《あや》に渡す。

「ホテルには、この名刺を見せて灰さんのお名前と闘神ギルドの名前をお出しください」

そういえば、海外でもスマホは繋《つな》がるようだ。

中国と日本の大手キャリアは提携しているらしいな。

最悪3人とハオさんはすでにマーキングしているので、迷子になってもライトニングでどこにいても見つけられるので問題ないが。

「はーい！　じゃあ行きましょう、彩さん！　レイナさん！　私お腹ペコペコ！」

「彩、私もペコペコ」

「はいはい……妹がもう一人増えたみたいね。年上の妹がいるのはおかしいけど」

彩達は手を振って観光に出かけた。

あの３人なら海外といえどどんな悪漢が来ても大丈夫だろう。

それに彩は中国語も話せるらしいので、その点も心配ない、さすが万能天才少女だな。

「では、行きましょうか。灰さん」

俺はそのままハオさんに連れられて闘神ギルド本部へと向かうことになった。

タクシーで移動しながら、俺は上海の街並みを眺める。

「初めてきましたけど、そんなに日本と変わらないですね」

「はは、そうですか？　まぁ同じアジアですからね」

海外は異世界のイメージだったが、上海は想像以上に日本に似ていた。

道路も建物も、雰囲気が似ていたので親近感がわく。

小学生のころ横浜の中華街にいったが、そのイメージに近いかな。

「さぁ、つきました。この建物です」

「はぁ……さすがにでっかいですね……」

車に揺られて30分ほど、俺達は目的地についていた。

日本の東京に勝るとも劣らない大都市の摩天楼、それはアヴァロンの本社並みに大きく綺麗《きれい》なビルだった。

「たった30人のギルドとは思えませんね」

「さすがに30人しかいないわけではありませんからね、下部組織がいくつもあります。といってもB級以上しか入れない相当なエリートギルドですが。ささ、参りましょう」

俺はそのままハオさんに連れられて、建物に入っていく。

中にいる攻略者らしき人達が俺を興味深そうに見つめている。

俺の顔が世界中に知れ渡っているのが原因だろう。悪意のある目ではないのだけが救いかな。

「そういえば見学ってどうするんです？　ダンジョン攻略でも一緒にするんですか？」

俺はガラス張りのエレベーターで最上階まで上がっている。

「いえいえ、力を見たいとおっしゃってましたよ？　王《ワン》さんは」

「力をですか……」

チーン
俺達は最上階に到着した。

エレベーターの前にはたった1つの扉だけがある。

両開きの木でできたとても高級感溢《あふ》れる扉。

コンコンコン

『失礼します。ハオです。天地灰《あまち》さんをお連れいたしました』

ハオさんが扉をノックすると、中から誰かの声がした。

『おう！　入れ』

おそらく中国語なのだろう、俺には自分の名前を呼ばれたぐらいしか理解できなかった。

その声とともにハオさんが扉を勢いよく開くとそこは、巨大な会議室のような一室。

そして円卓に着く多くの攻略者、所々空席があるが30人近くはいるだろうか。

『初めまして、天地灰君。会いたかったよ、似てる……か、なぁ俺に似てる？』

『雰囲気似てると思いますけどね』

その一番奥に座るのは、年は俺とそれほど変わらない男性。

確かに年齢は25歳ほどだろう、黒い髪に鋭い目、それでもどこか優しそうな柔らかい雰囲気。

少しだけ癖がある髪と耳に真っ黒なピアスをはめて、右目の下には泣きぼくろ。

こういうと失礼かもしれない、でも俺も思ってしまった。

アジア人であり、アジア最強であり、世界最強の一人、その人の顔が、雰囲気が……若干俺に似ていると思った。

「ふふ、似てるでしょ？　灰さんに」

横で俺が思っていることを口にするハオさん。

『さぁさぁ、座ってくれ。そして聞かせてくれよ』

少し驚いている俺にその最強は笑って言う。

あのアーノルドとも正面切って戦える救国の大英雄、その大英雄が親しみやすい笑顔で俺を見て。

『あの糞《くそ》脳筋わがまま大王をぶん殴った話を!』

楽しそうに笑っている。


「ささ、こちらにお座りください。灰様」

俺はハオさんに案内されてその円卓の一番端に着こうとした。

周りの30人近いS級全員が俺を見る。その威圧感はまさしく世界最強のギルドの構成員。

闘う神と書いて、闘神ギルド。

そして、その闘神とはたった一人を指す。

それが救国の大英雄こと、二つ名を『闘神』。

かの『暴君』と同列の存在、超越者　王偉《ウェイ》。

俺はそのステータスを見た。

そして理解した、噂は本当だったんだと。

この目の前に座る優しそうな青年は、本当にあのアーノルドとタイマンができるほどの化物じみたステータスを持っている。

Ｓ級の鬼達を蹴散らして世界を救うほどの力を持つ。

名前：王偉
状態：良好
職業：神仙（真・覚醒）
スキル：如意棒召喚、疾風迅雷、斉天大聖
魔　力：165４000
攻撃力：反映率▼70％＝1157800
防御力：反映率▼80％＝1323200
素早さ：反映率▼50％＝827000
知　力：反映率▼50％＝827000

装備
・なし

（すごいな……本当にアーノルドとも真っ向から勝負できる。やっぱり魔力100万を超えている人は真・覚醒という職業になるのかな……レイナもそうだし）
『ん？　どうした？　灰君。座らないのか？』

「灰《かい》さん！　王さんがお座りくださいと」

「え？　あ、あぁ！　すみません」

　俺が促されたまま席に座ろうとすると、一人の男が声を上げる。

『ちょっと待ってください、王さん。ここは闘神ギルドのメンバーだけが座れる円卓ですよ？　この日本人が見学にくるのは聞いています。S級として入団されるのなら許しましょう。でもそうじゃないなら座らせるのは俺は反対です』

『俺はそのつもりだけど？　まぁまだOKもらってないから入るかどうかわからないが。相変わらず、細かいねー。リンは』

『王さんが大雑把なんです。ルールを絶対守れとはいいませんが、守れるだけは守るべきです。そもそも試験もまだでしょ？　S級なら無条件でというわけではないんですから。そういうところはしっかりしてほしいです』

　なにやらリンと呼ばれる中国人らしき男と揉《も》めている。

　年は大学生ぐらいだろうか、とても若く見えるが眼鏡をかけてアニメとかに出てくる生徒会長のようだ。

　ルールにとても厳しそう。まじめを絵にかいたような。

『へいへい、代表なのにいまいち俺に権力ないんだよな。じゃあやる？　リンが。灰君の戦闘能力確認試験。いらねぇと思うけどな……』

『わかりました。魔力は25万ほどなんですよね？　やりましょう。今後チームを組むにしても力は知っておかないと』

『一応協会がＳ級として認めた時の登録ではその数値だって。一応測定するか、１階にあったよな？　測定器。んじゃいこうぜ！』

「え？　ハオさん。なんか皆さん立ち上がりましたけど？」

「えーっとですね。すみません、灰さん。どうやら今から灰さんの実力を見たいそうです。そちらにいるリンさんとの模擬戦闘で。すみません、こんなことになるなんて。一応見学だけと言っているので止めてきましょうか？」

「あー、そういうことですか。わかりました。いいですよ」

俺はそのリンという男を見る。

その眼鏡越しに目があった。

品定めするような目、好意的ではないが、別に敵意があるわけでもない。

ただルールを守れと俺を見る。

「俺もＳ級と一度は戦ってみたかったんです。俺がトップギルドのＳ級相手にどこまで戦えるのかを」

俺の対人戦の経験は少ない。

対人戦の殆《ほとん》どが滅神教《めつじんきょう》の人間とであった。

だが彼らは、プロではない。

攻略者のような戦闘のプロではない。

だから世界トップギルドの攻略者がどの程度強いのか俺は知りたかった。

（……というのは建前か）

本音を言うと俺は少しワクワクしていた。

こういうところは相変わらず攻略者なのかもしれない。

戦いは好きだ、痛いのは嫌だし死ぬのはもっと嫌だが、それでも手に汗握る戦いは好きだし冒険も好きだ。

男の子はみんな格ゲーが好きだろ？　そんな感じ。

しかも今日は命がけではなく、腕試し。

ワクワクするなと言うほうが無理だった。

だから俺は通じない言葉でリンさんに伝え頭を下げる。

「対戦お願いします、リンさん」

おそらく俺の意思を感じ取ったであろうリンさんは俺を一瞥《いちべつ》する。

『対戦になればな』

「灰さん、実はこのビルの地下に訓練場があります。相当頑丈に作られていてS級の戦闘にも耐えられる設計になってますんで。あと1階で魔力測定もしましょうか」

「了解です」

その後俺の魔力測定を1階ロビーで行った。

正直必要ないのだが、神の眼《め》を持っているからと言うわけにもいかないので、甘んじて受ける。

魔力石を使って作られた魔力測定器をはめ込んで、魔力測定を行った。

俺の魔力はステータスと同じ25万という数値が表示される。

魔力測定器は久しぶりにつかったが、やはり全く同じ数値を叩《たた》きだしたな。

まぁどちらかというと神の眼がこの数値に合わせて俺に見せているといった方が正しいが。

ちなみにこの測定器、Ｓ級の魔力石も使うので数十億する超高級品だ。それを1つのギルドが持っているあたり闘神ギルドの金持ち具合が窺える。

「じゃあ地下に行きましょうか！　中々広くて驚きますよ!!」

ハオさん達に連れられて俺達は1階からさらにエレベーターで下りて地下の戦闘訓練施設へと向かった。

なんだろう、漫画とかでよくありそうな戦闘訓練用の施設と言う感じ。

全面を鉄プレートで囲まれた巨大な部屋。形だけでみるなら神の試練を少し思い出すがこの部屋はさらに大きい。

これは確かに頑丈そうだ。アーノルドぐらいの力がないと壊せないだろう。

「では、灰さん。ここにはＳ級のヒーラーもいますので、ご安心ください！　死なければ全快します。一応武器はなしで、素手でお願いできますか？　殺さないでくださいね？　あと死なないでください」

「はは、了解です」

他のS級達は邪魔にならないように階段を上って少し上に作られた観客席のような場所から見ている。

俺とリンさんは素手で戦うようだ、といっても殺し合いをするわけではないので組手のようなもの。

『ハオさん、伝えてもらえますか？　私は魔力50万、あなたの2倍近く強いので遠慮しないでください。でなければ勝負にならないと』

『あーはは。了解しました』「えーっと。灰さん、リンさんは実力が見たいのでベストを尽くしてほしいとのことです！」

ハオさんが少し言いづらそうに翻訳している。

通訳は意図を理解して、適切な言葉に言い換えなくてはならない大変な仕事だ。

どうやら、リンさんは全力で戦ってほしいと言っているそうなので俺はその通り実行することにする。

「わかりました」

ハオさんがそれだけ伝えるとその場を去っていく。

そして俺とリンさんだけがその場に残ることになる。

リンさんは構えた。
まるでカンフー、いや、中国なので当たり前かもしれない。
偏見だが中国ではカンフーが必修なのかと思った。
外国人が日本人は全員カラテができると思っているように。
だが、リンさんの構えは映画でみるカンフーの達人そのものだった。
攻略者として正しく戦闘訓練を積んできたのだろう、その構えに隙は無い。
『2人とも準備はいいか！　灰！　ＯＫ？』
観客席から、王さんの声がする。

俺は剣を置いて、素手で構える。
リンさんも俺を見据えて俺達の視線が交差する。
そして2人は同時に叫ぶ。
『いつでもどうぞ！』
「ＯＫ!!」
その返事を聞いた王さんが叫ぶ。
『ＧＯ!!』
戦いの合図を。

◇

闘神ギルドの全員が、始まろうとしてる戦いを見つめていた。

まるでスポーツ観戦でもするかのように、談笑しながら。

『どっちが勝つか賭けようぜ、俺はリンに100万』

『俺も』

『私も』

『じゃあ、俺も』

『…………っておい、全員リンじゃ意味ねぇだろ！』

『ってか魔力25万だろ？　相手にならねぇだろ。さすがに2倍は』

『映像見る限り確か瞬間転移っぽい能力のはずだよな。影の上に稲妻となって転移するって』

『便利だけど、戦闘中は相当に制約が厳しい。運搬係としては滅茶苦茶《めちゃくちゃ》重宝するだろうから欲しい人材だけどな』

ギルドの一員は笑いながらどちらが勝つか賭けようとする。

100万元、日本円にして2000万円に近い金額を簡単に賭けようとするあたり彼らの金持ち具合が窺える。

だが、ほぼ全員の意見は一致している。

勝者はリンだと。

魔力の差は絶対の差、２倍近くの差を埋めることなどそれこそ武術の達人でもなければできない。

灰のスキルの種が割れてなければまだ戦えたかもしれないが、アーノルドとの戦いですべての手の内を世界中に晒《さら》している。

『しかもここは光源が頭上にしかねぇ。見晴らしもいい。影に転移してもすぐにばれる。こりゃ決まりだな。俺は１０００万元』

『おいおい、まじで全員リンに賭けるのかよ、これじゃ賭けにならねぇよ。誰か灰君に――』

闘神ギルドの全員がリンの勝利に大金を賭けた。そのせいで賭けが成立しないかと思われたときだった。

『灰君の勝ちに１億』

『『え？』』

たった一人が灰の勝利に賭けた。

その発言に全員が発言をしたものを見る。

それは。

『灰君の勝利に全部賭けてやるよ。その方が盛り上がるだろ？』

闘神ギルドのギルドマスター、救国の大英雄、王偉《ワンウェイ》だった。

楽しそうに、にこにこしながら灰を見る。

『王さん！　相変わらず大穴狙い大好きっすねーははは！』

『さすがギルマス。太っ腹っす!!』

『ごちです！』

『お金配りお兄さん!!』

全員がその発言を、きっと盛り上げるためだけのものだろうと勘違いする。

王は中国最強であり、中国でトップレベルの金持ちだ。

彼にとって1億元など、大した金額ではないのだから乗ってくれただけなんだと考えた。

そして賭けは成立する。

スカウトのハオは、王の隣に立ち笑いかける。

『残念です、私も皆さんほど稼げているなら灰君《かい》に賭けたんですけどね。王さんちなみに理由をお聞きしても？』

『良い目をしてる。それだけだ』

『同感です』

◇

灰は、リンのステータスを見た。

名前：リン・ジョン

状態：良好
職業：拳師【上級】
スキル：身体強化、波動拳
魔　力：５０４０００
攻撃力：反映率▼75％＝３７８０００
防御力：反映率▼50％＝２５２０００
素早さ：反映率▼25％＝１２６０００
知　力：反映率▼25％＝１２６０００

装備
・なし

（拳師……すごくバランスのいい戦闘職か。それに装備は無し）

灰のステータスは。

名前：天地《あまち》灰
状態：良好

職業：覚醒騎士（雷）【覚醒】
スキル：神の眼、アクセス権限Lv2、ミラージュ、ライトニング
魔　力：251185
攻撃力：反映率▼50%＝125592
防御力：反映率▼25%＝62796
素早さ：反映率▼25%＝62796
知　力：反映率▼50%＝125592

装備
・なし

（『素早さと知力』以外はぼろ負けだな……）
2人が構える。そして開始の合図とともに戦いは始まった。
（スキルはシンプル、肉体の強化と魔力を飛ばす遠距離攻撃か……）
灰はその2つのスキルの詳細を見た。
どちらもシンプル、ゆえに強力。
先手を取ったのはリンだった。

灰に向かって走り出す。

鉄のプレートでできた床がへこむ程の踏み込み。

観戦する世界の上位者達は、この一撃で下手をすれば決まるのではないかと身を乗り出す。

リンは強い、それは彼らの共通認識。

年こそ若く技術的にもまだ浅い。闘神ギルドにおいては中間よりも若干下、序列にするなら30人中20位ほどには位置するがそれでも強者。

純粋な魔力ならば、天道龍之介《てんどうりゅうのすけ》にも迫る存在。

その世界トップに足を踏み入れたリンが灰の目の前に高速で移動する。

勢いそのままに、様子見程度の右ストレート。

ただしＳ級でなければ死んでもおかしくはない威力。

（……なんだろう）

その一撃を、文字通り灰は紙一重で躱す。

ただし危ないという意味ではなく、余裕をもって最小の動きで。

その目の輝きによって。

『!?……やるじゃないか！　なら！』

（右足軸の左足で後ろかかと蹴り……）

灰はリンが蹴り出す前にしゃがんで避ける。

魔力が集まった場所、つまりはリンが意識している場所を見ればどんな攻撃がしたいのか一目瞭然。それはもはや未来予知に近い力だった。

『な!?』

だがそれだけではない。

(あの最強の一撃を見たからかな……遅い)

アーノルド・アルテウス。

触れたら即死の最強の一撃をその眼《め》で真っすぐ見た灰からすればリンの一撃に脅威を感じなかった。

ゆえに冷静に、見られる。

スローにすら見える、そして。

未来すらも見える。

(やっぱり動揺すると魔力って揺れるんだな……)

灰の目は黄金色に輝いて、リンの急所を看破する。

完璧なタイミングで余裕をもって躱されたリンの後ろ蹴り。ならば次の一撃は甘んじて受けるしかない。

『!?……身体強化!!』

完璧に躱された後のカウンター。

これはガードするしかないと判断したリンはスキルを使い体を守る。

体の正面に魔力を集め、防御力を増加させる。
それは正しい判断だった。その防御力ならば正面からでは灰の攻撃力では貫けない。
「――ライトニング」
ただし、稲妻は貫通する。
『!?』
目の前で振りかぶっていた灰が、一瞬で消えた。
灰のスキル、ライトニングで背後の影へと振りかぶったまま移動している。
次の瞬間。

『はは、賭けは俺の勝ちだな』

王がつぶやき笑い出す。

「はぁ!!」
すぐさま振り向くリン。しかしすでに拳は目の前でリンの顎を狙っていた。
まずい。それがリンが最後に思ったことであり、次の瞬間意識が飛んだ。
魔力の薄い場所を、そして動揺しさらに弱まった場所を的確に当てた一撃。
あのアーノルドの魔力の鎧《よろい》すら貫いた一撃は、リンの意識を簡単に刈り取った。
闘神ギルドの全員が立ち上がって目を見開く。

その攻防は、3秒にも満たない。

一見すると瞬殺、ただしここにいるのは仮にも一流達。

何が起きて、なぜリンが負けたのかは俯瞰《ふかん》するように見れば理解できた。

『つ、つえぇぇ……』

ただただ、灰が強かった。

ライトニングというスキルの凶悪さに全員が認識を改める。

目の前でいきなり消えるというのは、頭上で俯瞰してみるのと相対するのとではあまりに違うようだった。

だがそんなことよりも全員が灰の度胸と、戦闘センスに舌を巻いた。

瞬間移動ではなく、リンの攻撃をまっすぐと見たその目も。

『やっぱり良い目してるな、さすが……』

王だけは、別の視点で。

『……黄金のキューブ攻略者』

◇灰視点
『私は……負けたのか？』

「対戦ありがとうございました、リンさん」

俺は倒れているリンさんに手を差し出す。

一時的な気絶だったようで、闘神ギルドのＳ級治癒魔術師の治癒魔法で一瞬で回復したリンさん。

リンさんは俺の手を見つめ、理解したかのように目を閉じる。

何かを葛藤しているのだろうが、それでも俺の手を取ってくれた。

『……先ほどは失礼な態度をとったこと詫《わ》びする。負けた私が言うのもなんだが、合格だ。あなたは想像以上に強かった』

「えーっと……」

「灰さん！　強かった、あなたを認めると言っていますよ！」

「そうですか、それはよかった……」

俺は確かに実感していた。

強くなっている、何度も死線を越えた俺は確実に戦士としても強くなっている。

ライトニングの発動のタイミングにも慣れてきたし、神の眼に至っては相変わらずのチート具合。

相手が何をしたいのかが事前にわかってしまうし、攻撃力以上のダメージを急所へと繰り出せる。

まだ魔力はＳ級の下位だが、Ａ級キューブを攻略していけばいずれ俺はもっと……。

『おら、お前らさっさと振り込め！』

『ひでぇ!!　総取りかよ！』

『これ以上稼いでどうするんすか！』

『くそ!!　大穴一点張りに負けた!!』

「灰《かい》さんの勝敗で皆さん賭けてたんですよ。ふふ、王《ワン》さんの一人勝ちでしたが」

「そ、そうですか……」

『灰！　凄《すご》かったぜ、これからよろしくな！』

『ねぇねぇ私も瞬間移動させてよ！　1回でいいからさ!!』

『あれが柔術か!?　達人って感じだったぜ!!』

ギルドのメンバーが、俺の肩を抱いてワイワイともてはやす。

あまりこういう雰囲気を経験したことがない俺は少し照れくさかった。

なんだろう、学校の陽キャラ達がこんなだったな、俺は輪に入れなかったが。

その中で拍手をしながら王さんが俺に向かって歩いてくる。

『とりあえず灰君、試験は合格。といってもまだ君の気持ちは聞いていないが。とりあえずはおめでとう。どうかな、腹も減ったし俺とハオと3人で飯でも。ちょうど君のおかげで稼げたからな、おごるぜ』

その言葉をハオさんに翻訳してもらった俺は快諾する。

これで俺の闘神ギルドでの入団試験は一旦は終わった。

といっても俺はまだ入ると決めたわけではないのだが、それでも雰囲気は嫌いじゃない。

全員がプロの意識をしっかりと持っており、武闘派なのかリンさんもカラッとした性格で負けた時は潔く負けを認める。

そういう雰囲気をこのギルドは持っている。それは多分トップの性格が伝播《でんぱ》しているのだろう。

そこからは通訳のためにハオさんと、俺、そして王さんで飯を食べに行くことになった。

『本場の上海料理をぜひ楽しんでくれ、うまい店があるんだ。ハオ、頼む』

『了解です！』「灰さんも中華でいいですよね？」

「はい！　大好物です!!」

『じゃあ行こうか』

俺達はそのまま上海一と言われる中華の店へとハオさんの運転で向かった。

到着したお店は見るからにＴＨＥ中華という佇《たたず》まいで、赤を基調としたまるで沖縄の首里城のような店だった。

「ここは半年先まで予約で満員なんですよ！　ただし、ＶＩＰだけはいつでも入れるように席を確保しているんです。というか王さんがいつでも行けるようにずっと予約してるんですよね、毎日いくら使ってるのか知りませんが……羨ましい限りです」

ハオさんが嬉《うれ》しそうに話してくれるが、きっと本人も食べられるのが嬉しいのだろう。

俺も嬉しい、中華なんてなんとかの王将の餃子《ギョーザ》定食が関の山、牛丼と双璧をなす俺のスタミナ飯。本格中華なんて実際のところ食べたことはないな。

『ここのフカヒレは最高だぞ、灰君』

王さんが車から降りてお店に入る。

その瞬間、店の中がまるでコンサート会場のように沸いた。

『あ、あれって闘神じゃ!!』

『王偉《ウェイ》様よ!! きゃあーーー!!』

『英雄! 英雄! 英雄!』

王さんは、慣れているようで軽く手を振って微笑《ほほえ》みかける。

その笑顔だけでおばちゃん達が興奮しすぎて倒れていた。アイドルのコンサートで見たことあるな。

俺の想像以上に王という男は、この国において大英雄、ヒーローなのだろう。

イケメンだし、金持ちだし、世界トップクラスに強いし。

しかも、懐が深い。少しだけしかまだ話していないが、大きい人に感じる。

アーノルド並みに強いのに、王という男にはどこか正義と温かさを、さらには少し親近感すらも感じてしまう。

まぁアーノルドが悪というわけではないが、俺は嫌いだ。

俺達は案内されるまま個室へと向かう。

そこでお任せコースを頼み、目を見開くような金額の料理が運ばれてくる。

俺が今まで食べていた中華は何だったのかと思うほどには、その料理は洗練されて最高だった。

Lv2からチートだった元勇者候補の
まったり異世界ライフ
小説&コミックス同時発売!!
オーバーラップノベルス
王女様も
スローライフ、
はじめます。
Lv2からチートだった元勇者候補のまったり異世界ライフ17
著:鬼ノ城ミヤ　イラスト:片桐
新たに神界の使徒・ゾフィナや女神・セルブアまでもが居候となり、フリオ家はますます賑やかさを増していた。そんなフリオの元に、カルゴーシ海岸とホウタウ魔法学校から依頼が舞い込む。さらには、第三王女・スワンの来訪もあり、フリオ家は大忙しで——!?
GARDO COMICS
険しき共存の道
老火龍が語る
過去とは——
Lv2からチートだった元勇者候補のまったり異世界ライフ10
漫画:糸町秋音　原作:鬼ノ城ミヤ　キャラクター原案:片桐
火龍ワインとの共存を目指すフリオは、火龍たちの故郷・雪山で唯一生き残った老火龍と邂逅する。そこで知ることになるのは強欲な人種族による迫害の歴史で——。一方、邪界から顕現したヴァランタインは、世界の支配を企みフリオ達を狙い始める!
創刊10周年メモリアルフェス! オーバーラップ文庫オールスター大集結SP
《Lv2チートも大特集!!》
詳細は特設サイトへ!
第3回　4.21(日)ABEMAで放送!!

特に王さんおすすめのフカヒレ。

昔スッカスカのフカヒレを家族で食べた記憶があるが、多分あれフカヒレじゃなかったな。春雨とかだろ、だって全然食感が違うもの。

「すっげぇうまいですね！　ハオさん！」

「私もこのためにスカウトやってるようなものですよ、本当に最高」

『気に入ってもらえてよかったよ。それじゃそろそろ本題に入ろうか』

ある程度腹が満たされた俺達は、話の本題へと入った。

基本的にはハオさんがずっと翻訳してくれていたので、まるで会話するように王さんと話せる。

『どうだった？　闘神ギルドは。雰囲気は悪くないだろ？』

「はい！　みんな良い人でした。それにすごい強い。超越者に近い人もいますね？」

『良く知ってるな。90万近い魔力の奴もいる、俺の方がつえぇけどな。それで条件だが……ハオ、あれを』

『はい！』

ハオさんが鞄《かばん》からＰＣを取り出して、資料を見せてくれる。

それには闘神ギルドの売り上げを含む様々な情報が載っていた。

去年の売り上げではランキングは2位。１位のＵＳＡとしのぎを削っている。

桁が違いすぎて俺では一瞬で計算できない。最小単位が１００万ドルって……一体いくらの稼ぎなんだよ。

「まず闘神ギルドに固定給はありません。皆さん馬鹿ほど稼いでおりますので今更固定給を出しても仕方ありません。その代わり1つの義務とたくさんの特権を与えております。まずその義務ですが……」

『S級キューブの崩壊の対処。知ってるよな？　うちの国にS級キューブがあって、崩壊してるの。週に1回ぐらいはS級の魔物が出てきやがる。それを狩る。それが義務だ』

闘神ギルドの義務、それは国を守ること。

そのためにS級の魔物を狩ることこそが、唯一与えられた使命だそうだ。

週に1回ほどのペースでS級の魔物がキューブから出てくるそうなので、5、6人でそれを狩る。

それを交代で行うのが義務だそうだ。

30人近くいるので、実質月に1回程度の出勤と言ったところか。

たったそれだけ、時間的拘束はあるが俺の力なら発生してすぐに呼んでもらえばいいのでほぼないに等しい。

だがそれをできるのはS級だけ。力の無いものがいくら集まっても太刀打ちできない規格外の化物、それがS級の魔物。

だから中国はそれに対抗できるように巨額の費用をかけてS級を集めている。

「そして特権ですが、すごいですよ。この国においての特権階級なので大体なんでもできます。できないことを教えて欲しいぐらいですよ。その中で一番灰さんが食いつきそうな特権が……」

王さんがにやりと笑って俺を見て言い放つ。

俺が最も今欲しているもの、それは。

『キューブ攻略の自由。この国にあるキューブに関しては好きに攻略してもいい。他の奴らはたまにA級とかに何人かでいって荒稼ぎしてるしな。それが特権だ』

キューブに自由に入る権利。

ダンジョン協会が定めたポイント制度、それを闘神ギルドだけは免除されている。

免除されているというよりは、無視していると言うほうが正しい。

国が許可を出しているのだから、罰することなどできない。

『どうだ？　少しはやる気が出たか？　ソロ攻略専門の灰君』

『王さん。それは……』

『いい、訳してくれ。ハオさん。そのまま。こっからは隠し事無しだ……お互いに……なぁ？』

王さんはにっこりと笑っているのにその眼《め》だけは本気で俺を見つめて言い放つ。

『黄金のキューブ攻略者、天地《あまち》灰君』

王さんは確かに『黄金のキューブ』と言った。

その油断のない目が俺の神の眼はお見通しだと見つめてくる。
その揺るぎない視線に俺は思わず目をそらしそうになった。
「……どういうことですか？」
それでも俺はすぐにライトニングを発動させる準備をする。
相手は他国、もしこの眼のことがばれているというのなら危険だ。
『とぼけるか？　はは、今にも逃げ出しそうな顔だな。だが……』
目の前にいたはずの王さんが突如消えた。
「!?」
『逃げるのだけはNGだ。逃がさねぇよ。絶対に』
俺は肩を摑《つか》まれていた。
速い、圧倒的に。
魔力の流れが見えてからほぼ同時の移動は、洗練されており、その速度は俺が見てから
ライトニングを発動するよりも速かった。
すぐ目の前にいたとはいえ、座っていたはずなのに0．1秒もかからなかっただろう。
驚き戦うべきかと、思考を巡らせる俺。
しかし相手は中華の大英雄、相手になるはずもない。
そう考えている俺に王さんが耳元でささやいた。
その声は先ほどまでの自信たっぷりの声ではなく。

『さぁ、否でも応でもその力のことは話してもらう。頼む……俺の最後の希望なんだ、君は……』

まるで何かに縋《すが》るような声だった。

「一体どういう……」

その時だった。

王さんのスマホがなる。

『失礼、逃げないでよ。灰君、頼むから。もし逃げたら日本滅ぼしちゃうぞ』

そういって王さんは、にっこり笑いながらプレッシャーを放つ。

何を言っているのかはわからないが俺はその仕草に戦慄し、身震いする。

ここはおとなしくしておいた方がよさそうだ。

そして王さんがスマホを取る。

俺はその態度に一切の殺意や悪意と言うものを感じなかった。

だから逃げるという選択肢は取らないことにした。それに俺はこの表情をどこかで見たことがある。

苦悩し、追い詰められている顔だ。

『……わかった。すぐに行く……すまないが、灰君。一緒に来てくれ。見せたいものがある』

「……わかりました、いいですよ」

俺はその表情が気になってついていくことにした。

王《ワン》さんほどの強者が何におびえているのだろうか、何に縋ろうとしているのだろうか。

やろうと思えばやろうと思えばなんだってできるはずだ。

なのに、なんであの表情がまだ力も何もなかった俺と重なったのか。

俺はその理由が知りたかった。

車に揺られて目的地へ向かう。その間はずっと俺達は無言だった。

そして到着したのは。

「……病院？」

大きな病院、それこそ日本の攻略者専用病院よりもはるかに大きい。

人口の差によるものかもしれないが、とても大きな病院に俺達はついた。

案内されたのは大きな個室。

（……そうか……だから重なったのか）

扉を開けるなり王さんが走って、ベッドに眠る少女の手を握る。

その目には涙を流し、一見すると家族を思うだけの兄。

『同情を誘うようなことをしてすまない。だが俺はもうなりふり構ってられないんだ。紹介するよ。俺のたった一人の家族。妹の王静《ジン》だ』

そのベッドに眠る女性を見る。

俺はステータスを見た。そして想像どおりだった。

「ＡＭＳですか……」

『あぁもう10年近くになる。そして……合併症を起こしてしまっている。もう……時間がない、明日生きているかもわからない、さっきも心臓が一瞬止まったそうだ』

王さんは、妹さんの髪を優しくなでる。

『俺のたった一人の家族なんだ、唯一残った俺の最後の宝物。こいつを、妹を、静を守るためなら俺はなんだってする。なんだってだ。その意味がわかるよな？　灰君《かいくん》』

王さんが俺を見つめる。

きっとこの人はいろんなことに気づいている。

俺が黄金のキューブを攻略したこと、そして俺の妹が世界で唯一ＡＭＳから解放されたことも。

俺に特殊な何かがあることもきっと。

そして秘匿するなら容赦しないと、脅しているのだろう。

それほどまでに余裕がないことは見て取れた。

ＡＭＳの治療法については彩《あや》の発表はまだ先になる予定だ。

今は米国の一部の研究機関とやり取りしていると聞いた。

滅神教《めつじんきょう》の一件があり、少し遅れている。

だから王さんはまだ知らないのだろう。

俺はもう一度そのＡＭＳの詳細を見る。

ＡＭＳ以外にも合併症を起こしており、いつ亡くなってもおかしくはない状態。

随分と症状は進行しており、もはや生きているのか見ているだけではわからないほどだった。

俺の頭をいろんな考えがよぎる。

ここで、ＡＭＳの治療法について教えるべきか。

それとも見捨てるべきか、恩を売るべきか、どうするべきか。

まだ発表していないものを、ここで言っていいのか。

王さんほどの人の妹だ、必ず世界中に噂は広まるだろう。

そして俺のこの力についても肯定するようなことになるだろう。

「……」

俺はその眠っている少女を見つめる。

その少女を見た瞬間、俺の眼に凪《なぎ》が眠っていた時の表情がよぎる。

そして俺は少し笑った。

「……そうだよな。誰よりもこの気持ちを俺は知ってるはずだよな。藁《わら》にもすがって自分の命すら……」

なぜ王さんが俺と重なったのか、それは単純明快だった。

ただ王さんの静さんを見る目がかつての俺が凪を見る目と同じだったから。

なら答えは決まっている。

俺は優しく王さんに微笑《ほほえ》んだ。

「……王さん！　すぐに戻ります、信じてください」

俺は王さんの影にマーキングする。

そしてライトニングを発動した。

場所はもちろん、あの頭の良い少女のもと。

◇

「わぁー綺麗《きれい》ですね。彩さん！　いつかお兄ちゃんとクルージングとかしたいですか？」

「し、したいなーー。凪ちゃんそれ言わせたいだけでしょ」

「みて、彩。すごい？」

「こらレイナ!!　川を走るな!!　船が横転するでしょ!!」

上海の有名スポットで観光する３人。

そこに雷が落ちる。

「彩、ごめん。一緒にきてくれ」

「へぇ!?」

「お兄ちゃん!?」

「灰？」

「2人ともちょっと待ってて。彩を借りる。いくぞ」

「え、えぇぇ!?」

そして彩と灰が影に消えた。

「人攫《ひとさら》いだ……レイナさん。彩さん攫われちゃいました。お兄ちゃんに!!」

「むーーー!!　彩ばっかりずるい!!」

◇病院
「え、え?　い、いきなりどうしたんですか、灰さん。2人になりたいなら……う、う、嬉《うれ》しいですけどできれば心の準備を」

俺は彩を強く抱きしめて、再度王さんのもとへと転移した。

「彩、この女性はAMSだ。すぐに治療を始めてくれ」

「へぇ!?」

俺の胸の中で素っ頓狂な声を出す彩。

あたりをきょろきょろ見回して、顔を真っ赤に染める。

『君は……たしか景虎《かげとら》さんのお孫さんか?』

「ここ……しかも、この人って……えぇぇ!?」

動揺する彩を落ち着かせて、俺はすぐに治療を開始するように告げた。

『ゴホンッ。では治療を開始します。いいんですね？　王さん、これはまだ確立していない治療法です』

『覚悟はできてる。助かる可能性があるのなら、どんなことだってするつもりだ』

『では、いきます。魔力石は王さんに用意していただいたものを私が粉末化します。輸血はお願いしますね』

その病院の担当医らしき人が頷《うなず》いた。

そして治療が開始される。

王さんは不安なのだろう、ずっと静さんの手を握っている。

かつての俺もそうだった。

でも今は俺には確信がある、確実に良くなっていくと。

『静……頼む。もう一度……昔みたいに……俺を呼んでくれ』

彩が血を混ぜて輸血用の血を作る。

そして色鮮やかに煌《きら》めく血液がどんどん静さんに入っていく。

E級、D級、C級、そしてB級の輸血が完了した時だった。

時間にして2時間ほど、王さんにとっては永遠にも感じるほどだろう。

『!?……動いた、動いたぞ!!』

『大丈夫です、王さん。良くなっていってます。きっとこの最後の輸血で……』

最後の魔力石の血が輸血される。

静さんはA級の魔力を持っていた。数値まで凪にそっくりだった。

王さんにとって一番長い30分がやってくる。

ハオさんに聞いた話によれば、もう10年になるらしい。

王さんが中華の大英雄と呼ばれたころに、静さんは眠りについた。

それから王さんはあらゆる方法を試し、金に糸目は付けず静さんを延命し続けたが、免疫力の低下により合併症が発生。

もってあと数日。

だからなりふり構っていられなかった。

『静、起きろ、起きろ……起きてくれ』

王さんはその手を握り続ける。

その手をぎゅっと握って、ただ目を閉じて神に祈る。

その光景はあの日の俺と同じだ、なら大丈夫。

『……お兄ちゃん……の声……ずっと聞こえてたよ……』

結果も同じはずだから。


『うぉぉぉぉ！！！　わぁぁぁ！！！　ぬあぁぁぁぁ！！！』

王さんの大きな泣き声が病院中に響き渡る。

泣きながら静さんを抱きしめる王さんは本当に妹を思う兄だった。

俺はそれを見て少しだけ満足したような気持ちになる。偽善かもしれない、でもこれでよかったと心から思える。

俺達はしばらく席を外して２人っきりにさせてあげた。

俺と凪は数か月だったが、10年とは一体どれほどの年月なのだろう。

きっと募る話もあるだろう。妹さんからしたら意識はあってもタイムスリップしたような感覚なのだろうか。

「じゃあハオさん。今日は一旦帰ります。明日また話しましょうと王さんに伝えてください」

「灰さん……あなたは……いえ、これは明日お聞きします。私からも感謝させてください。ありがとうございます」

「よかったです。それと……入ろうと思います。闘神ギルド」

「そ、そうですか!!　それはありがたい!!　本当にありがたいです!!　よかった……李《リー》さんにどやされずに済みます」

ハオさんが呼ぶ李と言う人、正確には李偉《ウェイ》さん。

俺は会ったことはないが中国のダンジョン協会の幹部らしい。

闘神ギルドと中国のダンジョン協会、そして中国政府は密接にかかわっているので、ハオさんにとってはほとんど上司のような存在だそうだ。

イメージとしては闘神ギルドだけは、他のギルドとは違い中国政府そして中国のダンジョン協会直轄のようなギルドだそうだ。

それゆえに金に糸目は付けず全力で強者を取り込もうとする。

お国柄なのかどうかは分からないが、国に対する政府の力は日本よりも強いのだろうな。

「じゃあ、ハオさん。今日は彩達と一緒に帰りますんで。また明日ギルドに向かえば？」

「そうですね、おそらくですが、王《ワン》さんのご自宅になるんじゃないかな？　また明日ホテルまで迎えにいかせていただきますね！」

「わかりました、では王さんによろしくお伝えください」

俺と彩はそのままハオさん達と別れて、レイナ達と合流することにする。

「灰さん！　いきなり連れてこられてびっくりしましたよ！」

「ごめん、俺より彩がいたほうがミスがないと思って。それに一応彩が発見者だろ？　そろそろ発表？」

「そうですね、依頼してある医療機関から効果が確認できた。次は副作用がないか確認すると連絡がきていたのでもう少しでしょう。これで治療して数日後には死んでしまいましたでは責任の取りようもありませんし」

どうやら治療法を確立するというのは、俺が考えているほど簡単な話ではないらしい。

治ったからOKというわけではなく、その後の体調をモニタリングして経過の観察をしなければならないとのこと。

　でなければ何かあった時、この治療法のせいにされかねない。

　難しい話だがそれでも世界には今か今かと待っている人がいるはずなので早く公開してほしい。

「どうだった？　観光は」

「ええ、色々見れて楽しかったです。ってそれより！！　闘神ギルドに入るって本当ですか!?　中国に……いっちゃうんですか？」

　俺達は宿泊予定のホテルへと歩いて向かっている。

　レイナと凪も向かっているようなので、そこで合流することになった。

「うん。この国でもっと強くなろうと思ってる。でも住むのは日本だよ？」

「え？　それって……」

「あ、そうだ。彩《あや》にはまだ説明してなかったよな。でも俺もまだ完全に把握はしてないんだけど、新しい力を手に入れたんだ。それはどこからでも生き物の影になら瞬間移動できる力。だから凪の影とこっちは……ハオさんあたりの影を行き来しようと思ってる」

「私達から逃げたあの力ですか？」

「えーっと。まぁそう」

　少しも目が笑ってないのに笑いかけてくる彩に俺は目を逸《そ》らす。

　そういえばまだあの時の答えを言っていないんだよな。

「ふふ、いいです。これ以上追い詰めたらまた逃げられそうですし！」

「と、ということで闘神ギルドには所属する。でも俺にとって距離はそんなに関係ないから気にしなくていいよ、ほら」

俺はそういってライトニングを発動した。

彩の影へと転移する。それを見て驚きながら彩が笑う。

「これでどこにいても灰《かい》さんから逃げられませんね」

「何かあったらすぐに助けに行けるから」

「ふふ、でも少しドキドキしますね。いつでも灰さんが現れるかもしれないと思うと……」

「緊急時以外はちゃんと事前に連絡するようにするよ……」

「いいですよ、私はいつでも。あ、でも……」

そういうと彩が俺の耳元でささやく。

「エッチなハプニングも起きるかもしれませんね、お風呂とか……」

「ちなみに、何時ごろにお風呂に入ってるか聞いてもいいですか！　一応ね！　避けるためにね！」

「ふふ、ダメです」

「ダメなのかよ！」

彩に少しからかわれた俺はもんもん、いや、むんむんしながらホテルへと帰る。

同い年で確か彩も彼氏はできたことない恋愛弱者のはずなのに主導権を握っているのは間違いなくあっちだな。どこで差がついた。

「ここだ。さすが……高そう」

さすがはハオさんが用意してくれた上海で一番のホテル。

沖縄で泊まったホテル並みの佇まいだ。

そのロビーで凪《なぎ》とレイナと合流した。そのあとはホテルで夕飯を食べて、その日は休むことになる。

◇翌日

俺達を迎えに来たハオさんの車で、俺は王さんのもとへと向かった。

彩達は来なくてもいいといったのに、一緒に行くと聞かなかったので連れていくことにした。

「すみません、ハオさん。大所帯で」

「王さんに言ったら１００人でも連れて来いと言ってましたよ。直接言いたいからと言ってましたが、昨日は灰さんには心から感謝してました」

「彩のおかげですよ」

「……そうですね」

何か含みを持たせるハオさんを少し不思議に思いながら俺達はそのまま王さんの家へと

向かう。

ホテルから車で揺られること1時間。

上海から少し離れた、それでも上海市のビバリーヒルズと呼ばれる地域。

そこに王さんの豪邸はあった。

近づくにつれて、間違いなくあれだと思うほどには周囲の豪邸の1つ上をいく豪邸。

大きさだけでいうなら龍園寺《りゅうえんじ》邸よりも広いかもしれない。

建物は趣深い少し古い型で、昔の中国の王宮のような、一人二人で住むようなレベルではない。

庭が広く、巨大な池には魚も泳ぎ、橋もかかっていれば小舟まで浮いてる。

まるで日本庭園を思わせる優雅な庭、とても数億で済まなそう、下手すると100億円をこえるんじゃないだろうか。

「さぁ、つきました。行きましょう」

「お兄ちゃんすごいね」

「私の家よりも広いです、上海でここまで……さすが中華の大英雄」

「灰、広いね。迷子になりそうだから手……つないでもいい？」

「え？　えーっと……」

「はい、レイナ。これでいいわね？　逃がさないわよ」

「むー彩とじゃないんだけど……」

「ははは……」

俺達はまるで城のような豪邸に入っていく。

中は本当に迷ってしまいそうなほどに広いが、真っすぐと進むと本邸が見える。

自然と調和した見事なお屋敷、雰囲気がすごく良くて俺は好きだ。

そしてその門の前には。

『待っていた。灰君、昨日は気を利かせてくれてありがとう。ほら、妹も治癒魔法でこの通り』

『昨日はご挨拶できなくて申し訳ありません。私、王偉の妹、王静《ジン》と申します。どうか、ジンとお呼びください。灰さん』

王さんと、妹の静さんが立っていた。

今日は彩がいるので、中国語と日本語をほぼ同時に彩が翻訳して、俺たちの会話をつないでくれた。

静さんは、綺麗《きれい》な衣装に身を包みまるでお姫様のように俺にお辞儀する。

「お元気そうで、よかったです。さすがA級。もう立てるようになったんですね」

『昨日、うちのアイちゃんっていうS級の治癒魔術師に治癒させたんだ。そしたら、めきめき元気になってな』

俺達は案内されるがままに、大きな宴会会場のような場所につく。

まるで学校の廊下並みに長い廊下を抜けて、案内された部屋は、ボウリングができそうなほどには広い。

そこで俺達と王さんは向かい合って座る。

俺を真っすぐ見つめていた王さんと静さんは、ゆっくりと膝をつく。

そして頭を下げた。

『まずは、お礼を。灰君、そして彩さん。妹を救ってくれてありがとう。王家の代表として……闘神ギルドの代表として……心から最大の感謝を』

『灰さん、彩さん。私の命を救っていただきありがとうございます。この御恩は一生忘れません』

王さんが足を組んで、拳を地面につけるように頭を下げる。

その横で、静さんは丁寧に土下座するように頭を下げた。

「あ、頭を上げてください！　俺達はそんな……」

俺達は慌てて、頭を上げてほしいと王さんの肩を持つ。

しかし王さんは上げなかった。そのまま頭を下げ続ける。

『いや、感謝してもしきれない。まだ信用もない俺を、しかも脅すようなことをした俺をそれでも助けてくれて。言い訳するつもりはないが余裕がなかった。本当にありがとう』

それからも王さんはもう大丈夫といってもずっと頭を下げる。

仕方ないので、俺は素直にその感謝の気持ちを受け取った。

「わかりました。じゃあ……受け取ります」

『よかった。それでだ、何がお礼にいいか考えてたんだが……金はもう君なら困ってないだろうし。だから俺にできる最大の恩返しを考えたんだ。灰君、いや、灰！』

王さんが俺の肩を強く握って真っすぐ見つめて言った。

『俺と兄弟の契りを交わそう！』


王さんに兄弟の契りを交わそうと言われた俺は今別室にいる。

彩と俺と王さんの３人で床に胡坐《あぐら》をかくように座っている。

なぜなら、王さんが兄弟の契りを交わす前に重要な話があると俺と彩だけを別室につれてきたからだ。

『彩さんが中国語ができて助かったよ。他の人には聞かせたくなかったから』

『兄弟の契りがですか？　そんな隠すようなことではないと』

『いや、灰の力のことだ。２人には大きな恩がある。だから俺達、いやこの国がどこまで知っているか全部話そう。彩さん、すまないが灰に翻訳してくれ』

そういって王さんは、今世界が掴《つか》んでいる情報を包み隠さず俺に話してくれた。

『まず、日本に今年８月に現れた黄金のキューブ、その攻略者は灰。お前だとうちも、そして米国も把握している。田中一誠《たなかいっせい》、天道《てんどう》みどり、天地《あまち》灰。だがお前だけ特別だということもな』

「そうですか……いつまでも隠せるとは思わなかったですけど……」

『あぁ、灰が元E級であること、記録や元学友達からも裏は取れている。ここからは憶測だが灰。お前はあのキューブで何か力を得たんじゃないか。成長することができるような何か特別な力を。これは今じゃ一部の者だけしかしらないが、キューブの本当の最初の攻略者は何かしら力を得る。だから俺は灰も特別な力を持っているんじゃないかと思ってる。それに気づいた各国の代表は灰の周りを調べたんだ。もちろん俺もな。だが田中一誠と龍園寺景虎《かげとら》が念入りに隠蔽した。さすがに国に全力で守られると俺達もおいそれと手出しできなかったが』

王《ワン》さんの話は考えてみれば怪しまれて当然の内容だった。

だが、それは田中さんも了解していた。

そのため俺を早く強くさせようとしてくれていたんだと今ならわかる。

キューブの完全攻略のことは知らなくても、キューブの最初の攻略者は力を得る。

それを世界の頂点達は知っているようだった、と言ってもこの世界で攻略されていないキューブなどS級ぐらいなものだが。

『それでも調べてみるとやはり特異なことが灰の周りで多々起きていた。滅神教《めつじんきょう》の暗殺者を倒したこと、そして灰の妹の凪ちゃんが世界で初めてAMSから目覚めたこと、そしてアーノルドを殴りつけるほどの強さを手に入れていること。これは俺の勘だが、灰。AMSの治療法もお前の特別な力で見つけたんじゃないか？　彩《あや》さんが見つけたことになっているが……じゃなければ都合がよすぎる。凪ちゃんが世界で初めて目覚めたことも』

「そ、それは……」

俺が返答に困っていると王さんが手で制するように俺を止める。

『わかっている。その力は隠すべきだ。俺には言わなくていい。どういう力かまではわからないが、特異な力で秘匿するべきことなのだろう。おそらく他国から狙われるような特異な力。だから隠していたんだろ？　おそらく抵抗できるほどには強くなるまで』

俺は下を向きどうしたものかと考える。

ここですべて話すべきなのだろうか、昨日会ったばかりの人に？　でもここまで知られて言い訳なんて……。

その俺の困った様子を見て王さんは、おもむろに立ち上がり部屋を出た。

『ちょっと待っててくれ。とってくる』

何をとってくるのかと思ったが、すぐに戻った王さんが手に持っているそれは酒瓶だった。

真っ白な陶器、青い龍が描かれていて、とても高級そうで芸術的な瓶。

そして赤い茶碗《ちゃわん》のようなおちょこも1つ、俺と王さんの間に置かれた。

『だから灰。さっき言ったことだけどな。俺の弟分になってくれ。そしてそれを世界中に広める。そうすればお前に手出しできるような国は無くなる。これが俺に今できる最大の恩返しだ。妹を、俺にとって世界で一番大事なものを、その力が知られるリスクを承知で救ってくれた灰《かい》に……恩返しがしたい』

「義兄弟……ですか」

『昨日会ったばかりだ。いきなり何を言っているんだと思うだろう。だからこれは一方通行で構わない。俺が灰を弟分だと思うだけでもいい。でもそれはきっとお前の力になれる。これでも世界で一番強いんだ』

「王さん……」

『それにな、灰。AMSの治療法を躍起になって調べたときお前に行きついて、失礼ながら色々調べたんだ……そのとき思ったよ。本当にお前と俺はよく似ている。ダンジョン崩壊で両親を亡くしたこと、そしてたった一人の妹がいて、AMSを発症したこと。あと見た目は……似てるか？　周りは似てるっていうけどな。そして調べていくうちに俺は勝手にお前を気に入ってたんだ、弱いのに頑張って強くなっているお前を。そしていよいよ、どうやってアプローチをすれば俺の妹を救ってもらえるかと思った矢先に、あの事件だ。アーノルドをぶん殴った、正直爆笑したぜ。なんて馬鹿で真っすぐな奴なんだってな。俺が想像していた通りの奴だって。あれはさっきいた銀野《ぎんの》レイナの母親のためだろ？　あいつにケガさせられるとヒールできないからな。あいつが気を失えばってところだろう、それでもあの暴君に正面切って喧嘩《けんか》吹っかけるのはバカだぜ、俺でもできねぇ。世界大戦が始まっちまう』

するとと王さんが、優しく笑いながらその酒瓶を開けておちょこ一杯に注いだ。

『それにな、少し後ろめたい気持ちもある。灰の攻略者資格剥奪を促したのはうちの国の上層部だ。それに俺は関与していないが、その後依頼されたんだ。灰を闘神ギルドにいれてほしいってな。俺は好機だと思ってハオをすぐに向かわせた。今なら灰を真っ向から口説き落とせると思ってな。まぁつまり共犯ってことだ』

なんと王さんが言うには、俺の攻略者資格剥奪を促したのはこの国だったそうだ。悪沢《わるさわ》現会長は、この国と繋《つな》がっているのだろうか。

政治的な話はよくわからないが、圧力と言うやつなのかな。

『だからすまない、あとで灰にはもう手を出すなと俺から言っておく。アメリカも他の国も俺の弟には手を出さないだろう。だから』

そして、ゆっくりと半分近くを飲んだ、俺は理解する。

これが兄弟の盃《さかずき》、まるでヤクザのようだが確か桃園の誓いも一緒にお酒を飲んでいたはず。

そして王さんは、半分飲んだ盃を俺に渡そうとする。

『灰、受け取ってくれ。そして誓おう。俺はお前の力になる、たとえアーノルドが敵になっても命がけで守ってやる。なぁ兄弟、我ら生まれし時は違えどもってやつだ』

その様子を見て彩が翻訳しようとする。

「灰さん……王さんは――」

「いや、いいよ、彩。なんとなくわかる。王さんの眼《め》を見れば何が言いたいのか。本当はこんな重要なこと慎重にいかないといけないんだろうけど、でもなんだろうな。俺も王さんと同じ気持ちなんだ。どこか似てて、同じような境遇だったからか親近感がわいてくる。

彩、この選択が間違いだったらバカだと笑ってくれ」

「思いませんよ。灰さんが選んだことならきっと……」

俺は彩を見つめて頷《うなず》いた。

そして。

『灰……』

王さんの盃を受け取り、飲み干した。

お酒は二十歳からだけど、これは兄弟の契りだから。

「王さん。いや、偉兄《ウエイにい》！　これからよろしくお願いします!!」

俺は笑顔を返す。

『任せろ、弟！』

俺達は立ち上がって、固く手を握る。

この日俺と王さんにはたった一人の妹に加えて、義理とはいえもう一人家族ができる。

俺にとっては世界最強の兄貴が。


そのニュースはその日の夜、すぐに全世界を駆け抜けた。

中国全土、そして世界中に光の速さで駆け巡る。

王がこういうことは早ければ早いほどいいという提案の結果だった。

見出しは『中華の大英雄　王偉に義理の弟ができる！　「こいつに手を出したら俺が敵になると思え！」と発言！』

もちろん、その一報は日本にも。

「ガハハ！　田中君。見たか？　あの記事」

「ええ、驚きましたよ。まさかどんな魔法を使ったらあの王と義兄弟になるのか……彼には驚かされっぱなしですね」

「王君は儂《わし》も知っとるが、男気もあり、頭も良い、カリスマと人望もある。まさに絵にかいたような英雄じゃ。これは世界がひっくり返るの。ガハハ!!」

灰を叩《たた》いていたネットは荒れに荒れた。

灰をもう一度日本に戻すべきだという声や日本の大損失だとか手のひらを光の速度で返す。

それでも中には売国奴など心無い言葉もいまだ多いのだが。

それでも灰の認識はアーノルドを殴り、資格を剝奪されたS級から、一瞬で世界の頂点の身内。

決して逆らってはいけない人となる。

そして闘神ギルドの一員になったことも、さらに世界へ灰に手を出すなという牽制《けんせい》となった。

◇一方、ホワイトハウス
『ＨＡＨＡＨＡ！　当てが外れたな、大統領。この国にあのガキ引っ張る前に奪われちまったじゃねーか。大英雄様が相手じゃおいそれと手出しできねぇーな、ＨＡＨＡＨＡ！』

『……まさかそんな手に出てくるとはな。彼には最高のポストを用意していたが、義兄弟と言われればもう手の出しようがない。お前のせいでもあるんだぞ、アーノルド』

『おいおい、俺は暴行された方だぜ？　しかも我慢までしてやった。ＨＡＨＡＨＡ！　戦争でもして奪い取るか？　それはそれで楽しそうだな。世界大戦か。俺も結構あのガキ嫌いじゃねーんだけどな、度胸はある、センスも悪くねぇ』

『人類を滅ぼす気か。かの大英雄とお前が戦ってみろ、何とか成り立っているバランスが壊れ、即座に第三次世界大戦勃発だ』

◇戻って灰達　時刻は夜へと進む
『ははは、飲んでるか！　兄弟！　この国は酒も飯もうまいだろ!!　女もだぞ!!』

「出来上がってるじゃないですか、偉兄。うわ、ステータスの状態が泥酔になってるよ……超越者も酔うんだな」

『これほどうれしいことはない。妹も元気になって、弟もできて。もう最高だ。我ら生まれし時は違えども!! 死す時は一緒!! BY三国志!! かんぱーい!!』

『『かんぱーーい!!』』

闘神ギルドで俺の歓迎会を行ってくれている。

王さんの妹さんの快気祝いと俺のギルド入り、そして義兄弟になったお祝いだ。

これまた高そうな中華のお店を貸切にしてドンチャン騒ぎ。

俺は初めての飲み会と言うものを経験していた。

凪《なぎ》が俺の隣で借りてきた猫のようになっていて可愛《かわい》い。

彩は意外と慣れているようだし、そもそも中国語を話せるからかとても社交的だ。

『灰さんをこれからお願いします。良い人なので支えてあげてください』

『大丈夫だって!ってか彩ちゃん、旦那を支える嫁みたいだな!』

『そ、そうですか? 見えますか!?』

何やら彩が興奮しているようだが、楽しそうなのでほっとこう。

レイナは、俺の隣で黙々と飯を食ってる。

相変わらずフードファイターのようにだ。

みんながレイナに声をかけているのに視線だけはずっと料理を見ている。やっぱりこの子ちょっと変かもしれない。

「美味《おい》しいね、灰」

「うん……そうだな。うまいな、俺のも食べていいぞ」

「優しいね、ありがとう」

「はは……」

賑《にぎ》やかな飲み会も終わり俺の中国での用事は終了した。

ハオさんには、これからライトニングで移動するゲートとして影を使わせてほしいと伝えた。

基本的にはハオさんがギルドに出社する朝9時に使わせてもらう。

S級キューブの対処は毎月初めの週の担当となったが、一報いれてもらい転移でいくこととなった。

それ以外は事前に連絡を入れてＯＫをもらったら使うことになった。

緊急時以外はさすがにハオさんのプライベートもあるので、ということだ。

飲み会が終わり、俺達はホテルに帰った。

これで中国観光は一旦の終わりを迎え、翌日彩とレイナと凪は帰らせる。

だが、俺だけは残ることにした。

なぜなら。

「さて、随分と時間がかかったけど……」

俺は中国のA級キューブソロ攻略を行う必要があったからだ。

宴会の翌日、ハオさんに許可を取ってもらい俺は向かっていた。

ここは中国上海の外れも外れ、ほぼ海に面している。

目の前にあるのは、真っ赤な血のような真紅の宝石箱。

この国に10個あるA級キューブの1つ。

俺はそのキューブに触れた。凛《りん》とした音とともにルビーが揺らめく。

「いくか。A級！」

空の旅を終えて、彩《あや》とレイナ、凪は日本へと帰国した。

灰《かい》だけは、そのまま残ってA級キューブの攻略をするといっていたので仕方ない。

「私も中国に仮家借りようかな。そして灰さんがいつも帰ってきてご飯をつくって……きゃーー!!」

彩が一人空の旅でピンクの妄想をしていた。

そろそろ成人する彩もそういう事が気になるお年頃。

「私も住んでいい？　彩」

「絶対だめ、レイナ最近振り切りすぎてていつか過ちが起きそう」

「だから愛人でもいいのに」

「だ、だめよ!!　愛人というのは愛されている人なの！　私が一番になりたいの!!」

「じゃあ……都合の良い女？」

「どこでそんな言葉覚えてくるのよ。ずっとぼーっとしてたくせに」

「凪に教えてもらった。ねぇ、凪」

「てへぺろ」

凪は舌を出して、可愛いポーズを取る。

「可愛いけど凪ちゃん、意外とそういうところあるわね。小悪魔なのかしら。いや、策士？」

そのまま3人を乗せた飛行機はまっすぐ日本へと航行する。

灰のいない日本は少し寂しいと彩達は感じているが、影を見ればいつでもそこから現れてきそうだなという予感もある。

「とりあえず、お爺《じい》ちゃんに色々今後のこと相談するわ、いきなり出てきちゃったし」

「うん」

「お兄ちゃんも夜には一旦私の影に帰るっていってました!!」

◇一方　灰

胸に剣と槍《やり》のマークのバッチ。

闘神ギルドの所属である証《あかし》を胸元につけて俺はダンジョンを攻略していた。

「久しぶりだな、ダンジョン攻略。いいな、やっぱりこの空気。血が冷たくなるって感じ。A級キューブか」

少し冷たい空気を肌で感じながらまるでホームに帰ってきたような感覚。

そして俺は目の前に現れたレッド種を見る。

A級キューブだけに現れる最強種、あらゆる種族をただ赤くした存在が現れる。

このキューブでは、ゴブリンもいればウルフもいるし、オーガもいる。

よくわからない蜘蛛《くも》もいるが、ここは洞窟タイプ。

ダンジョンは7割ぐらいが洞窟タイプのような気がするな。

あたりに散らばっている粗悪品の魔力石が地面を照らし松明《たいまつ》なしでも良く見える。

光があれば。

「――ライトニング」

影もある。

俺はライトニングによる雷の瞬間移動を駆使して、魔物達を殺していく。

このダンジョンの魔物100体をソロ討伐しなければならない。

しかも、条件3は魔物からダメージを一度も食らわないというもの。

かすっただけでダメになるのかはわからないが、めちゃくちゃ集中しなければならない。

これボス戦もそうなのか？　結構鬼畜仕様では？

ノーダメージで討伐しろというのは相当に難しい。

でもこれはとても訓練になった。

一撃もらったらアウトの敵は多い。それこそアーノルドの一撃は致命的。

「前から思ってたけど……なんかこの完全攻略の条件って、訓練みたいだよな。ゲームの高難易度というかなんというか」

俺は50体目の魔物を隠密《おんみつ》で狩りながら感じていた。

ダンジョンの完全攻略の条件は、いうなればゲームのようだ。

そしてゲームの特殊な条件は難易度が高く、それに到達できるほどの技量を求められる。

「強い奴を育てたいのか、強い奴に力を与えたいのか……というかこの眼《め》じゃないとそもそも無理じゃないか？　この眼を持っている人に力を渡す前提な気がする……そういうこと？　だとしたら誰がそんなことを」

何かが俺の中でつながりそうになる。

この眼じゃないとこの条件は達成できない。

無理とは言わないが、知らなければ難しいだろう。

そしてまるで俺を鍛えるかのような条件……。

「……まぁ考えても仕方ないか。お、団体さんだ」

そして俺は目の前に現れたレッド種の群れと相対する。

1匹で街1つぐらい壊滅させる10万に近い魔力の魔物。

それが5匹、赤い鬼、赤い狼《おおかみ》、赤い虫。

この洞窟には種族の統一性なんぞ、なにそれといいそうなほど多種多様な敵がいた。

それでも。

「ふぅ……これで55」

雷の跡には焼けた赤い屍《しかばね》しか残らない。

◇一方　日本

「インタビューよろしいでしょうか!!」

テレビのアナウンサーとカメラマンが東京のビジネス街で道行く人にインタビューを行っていた。

「天地《あまち》灰さんの追放についてどう思われますか？」

「えーあのS級のですよね。彼がした行動の理由が明かされていないのでなんとも……でも僕はそれほど悪い人には見え──」

「あ、じゃあ結構です」

最後までインタビューせずに切り上げるアナウンサー。

彼女が欲しい絵はこれではない。

「天地灰？　あぁあのS級の男の子ね。私は怖かったわ、なんかよく分からないけど……あんなのに暴れられたらねぇ……」

主婦は良く分からないと灰のことを恐怖する。

あの日アーノルドに暴行を加えたことは世間一般に知れ渡った。

ただその理由だけは伏せられていた。

それは田中《たなか》も景虎《かげとら》もレイナにとってそれがいいと思ったからだ。

灰のことを考えると、それでも発表したい気持ちになるが資格剝奪は決定されているためぐっと我慢する。

「貴重なご意見ありがとうございます!!」

そしてアナウンサーはある程度良い素材が集まったとインタビューを終了した。

インタビュー結果に悪意ある編集を行う。

別に灰を陥れようとかそういう意図ではない、ただその方が数字が取れるから。

批判するほうが、視聴者が喜ぶことを知っている。

マスメディアは都合のいいコメントだけを集めて悪意ある編集を施していく。

それが民意であるかのように、そして民意がそれを望んでいるから。

◇彩達が日本に帰った数時間後
テレビでは連日、灰の話題で持ち切りだった。

「どうですか、山崎さん。彼のあの行動は認められるものなのでしょうか」

テレビで2人のコメンテーターが議論を交わしていた。

「難しいでしょう、理由はどうあれ、暴力を振るった。その一点に関しては擁護できません。ノブリスオブリージュ、力ある者は責任を持たなければ、聞けばまだ未成年で大学にもいかれてないとか。ご両親も早くに亡くされましたし、精神的に未熟な部分が多いのではないでしょうか」

「しかし、滅神教《めつじんきょう》を倒したことは評価されてもいいのではないでしょうか。彼がいなければ危なかったのも事実だと」

「それもアーノルド殿が来てくださったので、別に彼が倒す必要もなかったはずです。それどころかアメリカとの関係悪化が私は怖いですよ。しかも中国の王偉《ワンウェイ》と義兄弟の盃《さかずき》を交わしたと。彼を日本に招き入れたら関係はさらに悪化するのではないですか？　中米に挟まれて一体どうなるか……我々は軍事的には中堅国家です。日米安保条約を守っていかなければ」

「では、天地灰を日本に戻せと言う世論もありますが。山崎さんは反対だと」

「ええ、私は賛成できませんな。アメリカと戦争でもする気かと言いたいところです。確かに我が国のＳ級は諸外国に比べて圧倒的に少ない。ですが、今日は大変良いニュースがありますよね？　そろそろ会見の時間ではありませんか？」

「そうですね。15時からですので……あと2分ほどですが……えー、あ、はい。もう大丈夫だそうなので、画面を切り替えます。ではどうぞ」

そしてテレビのニュースは切り替わる。

その日、急遽《きゅうきょ》緊急の会見が行われることとなった。

それは景虎元会長の案でもあった。

灰の追放と滅神教《めつじんきょう》、そして龍の島に対する不安でいっぱいの国民達のためにと。

多くの記者に囲まれて、景虎元会長と悪沢《わるさわ》現会長の2名が並んで座る。

その隣にはもう一人、銀色の髪の美しい少女。

「では時間となりましたので、発表させていただきます」

悪沢がマイクを取り立ち上がる。

「本日はお集まりいただきありがとうございます。事前に皆さまにはご連絡させていただきましたとおりですが、協会職員であり、我が国の数少ないS級である銀野《ぎんの》レイナさん」

その言葉と共にでっぷり太った腹を揺らしながら悪沢がレイナを見た。

記者達もカメラのシャッターを鳴らし、その重大な発言を今か今かと待っている。

「この我が協会の！　銀野レイナさんが、世界で6人目！　魔力100万超えの超越者であったことが判明いたしました!!」


パシャパシャパシャ!!


レイナは母に封印された魔力があの日返ってきていた。

その結果魔力総量は、灰が言う通り100万を超えていた。

それに伴い、限界測定値を超えたことが確認されたため、今日この日超越者であると世界中に発表することになった。

「質問よろしいでしょうか！」

次々と記者達からの質問に答えていく悪沢。

レイナの現象は、まれに発生するキューブ攻略による再覚醒現象だと説明された。

最後まで滅神教《めつじんきょう》である母ソフィアとの関係は説明されない。それはイメージが悪いからと悪沢が止めた。

「今後レイナさんは、国防の要として我が国の守護者となるのです！　ですから皆さんご安心ください！　天地灰《かい》がいなくとも問題ないのです！」

「それは言わんでいいじゃろう……」

その発言を聞いて景虎が不機嫌な顔でつぶやいていた。

レイナが超越者であることを発表し国民を安心させ国防の強化を図ろうと考えたのは、景虎でもある。

どうせ隠せないのなら、効果的に発表するべきだろうと。

それをレイナが承諾してくれたのでこの場を設けたが、悪沢が灰がいなくても問題ないと強調する。

国民を安心させるためとはいえ、あまり親しい人を下げられるのは気分が良いものではない。

「こういうところは二世って感じだの、うまいというかなんというか……」

それでも景虎は黙って聞いていた。

国民が安心するならそれはそれでいいとも思ったからだった。

灰には後でフォローを入れるとしても、自分はもういい年なのだからこれぐらいは耐えなければならない。

「では、最後にレイナさんから一言いただけますでしょうか」

寡黙なレイナのことは日本中が知っている。

その声を聞いたことがあるものなど少数派だろう、だからこそミステリアスなところがいいと人気もあったが。

「いいえ、レイナさんはあまりこういった場で発言はしませ——!?」

記者からの質問を止めようとした悪沢。

しかしその悪沢が持つマイクをレイナが奪い取る。

余りに速すぎて悪沢自身も何が起きたか理解できず、一般人には視認すらできなかった。

「レイナ!?」

それを見た景虎が驚く。

あの日から変わったとは思ったが、主体的な行動をするような子ではなかったから。

「え？……レ、レイナさん!? 返してくださいます——!? なんだ？ これ？」

「光の盾」

レイナと悪沢の間に半透明の銀色に光るガラスのような盾が現れる。

「ちょっと!?」

悪沢がドンドンと盾を叩《たた》く、しかし壊せるわけもなく。

記者達も何が起きたんだとざわめいた。だがレイナが話し出すと全員が静かになって聞き耳を立てる。

「聞いて欲しいことがあります」

それは日本中が同じだった。

透き通るような綺麗《きれい》な声が電波に乗って世界中に響き渡る。

「私の母は、銀野ソフィア。あの日アーノルド・アルテウスに殺された滅神教《めつじんきょう》の大司教が私の愛する母です」

「な⁉　カ、カメラ止めろ‼」

その発言を聞いて悪沢が焦り、景虎は笑う。

自分は年を重ねいつの間にか仕方ないと諦める正義もあったのだが、この少女にはそんなことは関係なかった。

ただ自分の気持ちの赴くままに、熱い炎を灯《とも》してもらったままに。

氷は解けて、燃え盛るのは恋の炎。

「ママは悪い奴に操られて間違ったことをした。でも灰はそれでも私のママを助けようとしてくれた、私のためにあの最強に立ち向かってくれた。灰がしたのはみんなにとっては悪いことだって言われた。でも私にとっては違う、灰がママを助けようとしてくれたことが嬉《うれ》しかった。灰が悪者なんてありえない。だからうまく言えないけど……」

その銀色の少女は眼からうっすらと涙を流し。

「灰を虐《いじ》めることは誰が相手でも許せない。だって私は」

思いの丈を世界に伝える。

その銀色の髪をなびかせて、顔を上げて言い放つ。

「灰が大好きだから」

真っすぐすぎる愛の言葉を。

世界へ向けて。


「ガハハ！　儂《わし》、大爆笑」

レイナが爆弾発言をした記者会見の後。

逃げるように龍園寺《りゅうえんじ》邸にむかった全員は笑い合う。

その発言は、日本中を沸かせ、記者達は次々と質問を投げかける。

収拾がつかないと判断した悪沢は、再度正式に発表すると一旦会見を終了した。

「笑いごとではないですが、いや、驚きましたね。悪沢会長のあの顔だけで私は溜飲を下げました。まさかレイナ君が世界に向けて告白するなんて……」

「なんで笑うの！　ねぇ、お爺《じい》ちゃん。これで灰は日本に帰ってくる？」

「うーむ、まだ難しいの。だが、さっきの会見で間違いなく何かは変わるじゃろうな。詳しい事情を知らないものも、何か事情があったんだということだけはわかったはずじゃから」

「そっか……灰のためになれたならよかった」

そういってレイナは少し顔を赤らめて嬉しそうにする。

その表情は、完全に恋する乙女は綺麗状態。

今日この発言で、世間の灰を叩く流れは変化する。

灰を擁護する声は少しばかり大きくなり、批判する声は少しばかり小さくなる。

まだか細い変化だが、いつか激流になる可能性を秘めて。

「彩《あや》……お前やばいんじゃないか？　ちゃんとアプローチしとるんか？　取られるぞ」

景虎《かげとら》が横で放心している彩にひそひそと様子を聞いた。

彩は、やられたという顔で心ここにあらずという状態。

だが景虎の声で我に返る。

「レ、レイナ！　わ、私だって負けないわよ!!」

立ち上がり、何度聞いたかもわからない宣戦布告。

「はは、灰君も大変だな。彼は今ダンジョンの中かな？」

「A級キューブに挑戦するって言ってました。はぁー心配。おじいちゃん中国いってきていい？」

「構わんが、あんまり付きまとうと嫌われるぞ？　それに夜には帰るんじゃなかったのか？」

「うーー……」

そわそわする彩。

灰にすぐに会ってレイナとの関係、そして自分のことをどう思っているのかを問いただしたい。

でもそれで重い女と思われるのも嫌である。

めんどくさいと思われるのなんて絶対嫌だと思うのも事実。

「あーーなんかずっと不安!! これがメンヘラなのかしら!!」

頭を抱えてうーうー唸《うな》る。

灰のことが頭から離れない恋する乙女。

本人に悪気はなくても、無自覚のメンヘラ製造装置になりつつある灰であった。

「私は待つ。いつまでも待つっていったから。灰はきっと帰ってくる」

「なんでちょっと本妻っぽい余裕だしてんのよ!!」

◇一方 灰

『条件3を達成しました』

「ふぅ……やっと100か。疲れた……神経使うよこれ。これは1日1つが限界だな」

俺はふとスマホを取り出し時間を見る。

俺のスマホは特注の滅茶苦茶《めちゃくちゃ》頑丈な入れ物にいれている。

このスマホには何度助けられたことか、相棒って呼ぶか。

「9時に入って……15時か。6時間……まぁそんなものかな」

俺はこのダンジョンに6時間ほどいた。
このダンジョンに入る前にメモしていた条件を俺はスマホで開く。

残存魔力：83000／100000（+1000／24h）
攻略難易度：A級

◆報酬
初回攻略報酬（済）：魔力+50000
・条件1　一度もクリアされていない状態でボスを討伐する。
完全攻略報酬（未）：魔力+100000、特殊スキル獲得チケット（A級キューブ初回完全攻略報酬）
・条件1　ソロで攻略する。
・条件2　一度もダメージを受けずにボス部屋までいく。
・条件3　レッド種を100体討伐する。
・条件4　条件1～3達成後開示。

「あとはボス部屋にいくだけだな、完全攻略報酬が転職チケットから変わってるけど……」

沖縄のA級キューブでは報酬が上級職転職チケットだったはずが、特殊スキル獲得チケットになっていた。

おそらくだが、俺がすでに上級職転職チケットを使ったからだろうか。

一体何がもらえるのかはわからないが、何かしらスキルがもらえる気がする。

俺はそのままミラージュを発動し、ボス部屋へと向かった。

沖縄のA級キューブの時と同じように巨大な両開きの扉。

小さなビルほどはあるのではないかというその巨大な扉を軽く押す。

ゆっくりと扉が音を立ててひとりでに開き、中心には鬼がいた。

「ルビーオーガ。あの額の宝石がルビーなら滅茶苦茶高そう。そういえば彩は赤が好きだし、残るならプレゼントできるな」

そのオーガの大きさは俺よりも一回り大きい。

アーノルドぐらいだろうか、人としては異常な大きさだが魔物とすれば普通ぐらい。

巨大な牙が生えていて、赤い皮膚はまるで返り血。

額には、紅《あか》い宝石が埋め込まれているがあれがおそらくあいつの魔力石。

「ギャァァ！！！」

俺を見るなり突撃してくるルビーオーガ。

さすがはA級キューブのボス、今までのダンジョンボスの比ではない。

俺は迎えるように剣を握ってゆっくり歩いていく。

目の前に迫るルビーオーガ。

その鋭い爪をまるで槍《やり》のように振って俺の顔面をえぐり取ろうとする。

だが。

「魔物としては今までで一番強いよ……でも」

「ガァッ!?」

「お前の数十倍強い化物が外にはいるんだよ、それこそ鬼みたいな」

俺が思い出すのは、あの暴君。

ルビーオーガが可愛《かわい》く見えるほどの最強。

その破壊の拳に比べれば毛ほども怖くない拳。

ギリギリまで引き付けて紙一重で躱す。

最小の動き、ならばカウンターの余裕もある。

一撃のもと、俺の白剣がルビーオーガの首を飛ばした。

名前：ルビーオーガ
魔力：98000
攻撃力：反映率▼50%＝49000

防御力：反映率▼50％＝49000
素早さ：反映率▼50％＝49000
知　力：反映率▼25％＝24500

文字通り桁が違う強さをもって、オーガの最上位種を切り伏せる。
剣を振り血を払う。
俺は心を落ち着かせて、もう一度剣を握る。
ここからだ。
ここからこそが本番で、今までのは所詮準備運動。
『条件1、2、3を達成しました。エクストラボスを召喚します』
完全攻略の最大の障壁、条件4のエクストラ。
前回はB級キューブなのにA級の強さの魔物が現れた。
ならば今回はS級並みの強さの魔物が現れるとみていいだろう。
帝種？　龍種？　それともさらに？
俺はいっさい油断しないという表情で何が来ても対応するつもりだった。
両の目を黄金色に輝かせ、頭上に開いたまるで宇宙のような黒い穴を見る。
何が来ても驚かないつもりだった。
どんな強敵が来ても驚かないつもりだった。

でも、あまりにそれは予想外だった。

その穴からゆっくり降りてきたのは。

「……お前は……まさか」

昇格試験の後、残された白い騎士達の首にかかったタグ。

それに触れた時に脳裏に流れた情景で何度も見た。

「……黒い……騎士」

白い騎士達の宿敵。

全身を闇のような鎧《よろい》に包まれた真っ黒な騎士だった。

しかし、闇のように真っ黒な鎧の下からこちらを見る。

「人？　いや、違う……お前は……なんだ？」

ランスロットが、ライトニングさんが、２人が戦ってきた黒い騎士。

俺は記憶の旅でしか見たことがないが、それはそこで見た黒い騎士だった。

その騎士は俺を真っすぐ見ていた。

興味深そうにこちらを、神の眼《め》と対照的なほどに鎧の向こうの真っ黒な眼でこちらを見る。

まるで観察するように、自身も何が起きているか理解できないという表情で。

俺は再度神の眼を発動させてステータスを見る。

名前：名もなき黒騎士
状態：精神混濁（解除まで：100秒）
職業：下級騎士（黒）
スキル：闇の眼
魔　力：1000000
攻撃力：反映率▼25％（低下中）＝250000
防御力：反映率▼25％（低下中）＝250000
素早さ：反映率▼25％（低下中）＝250000
知　力：反映率▼25％（低下中）＝250000

装備
・なし

「魔力100万!?……しかもこのステータス画面は魔物じゃない!?」

そのステータスは、魔物ではなくまるで人を見た時と同じ形式。

俺がそれを見て驚いた瞬間だった。

先ほどまでは何が起きているかどこか理解できない様子だった黒騎士が俺の眼を見て叫び出す。

まるで古《いにしえ》からの仇敵《きゅうてき》を見つけたかのように。

「ガァァァ！！！」

「くっ！」

その突撃を真横に躱す。

速度は速い、ただ直線的すぎて避けることはさほど難しくはなかった。

「ぐるる……」

まるで理性のない獣のよう。

勢いそのまま壁に突撃し、獣のような声を上げながらこちらを振り返る黒騎士。

黒い目を鈍く光らせてただ、こちらを見る。

涎《よだれ》を垂らし、敵意を剝きだしにして、殺意の波動を垂れ流す。

「……もしかして状態の精神混濁が関係してるのか」

この目の前の敵の名は昇格試験の時の騎士達と同じ。

名もなき黒騎士。それは今までの魔物とは違い種族名ではないと思う。

「ふぅ……」

俺は一度落ち着いて、剣を構える。

「意思疎通はできないか？　聞きたいことがあるんだが……」

俺は会話ができないかと言葉を発する。

黒い騎士が何か言葉を発した。

だが理解できない言語だった。
考える暇もなく黒騎士は突撃してくる。
先ほどまでよりも確実に、命に触れようと意思をもって。
間違いなく強くなっている。
正確には、強さを取り戻しつつある。
剣の切っ先には理性が宿りつつある。
「くそっ！」
俺は諦め戦うことにした。
分からないことだらけだ。せっかく意思疎通できそうな敵がきたのに。
だが、相手は魔力１００万。
ただし反映率が低く、合計してみれば今の俺と同等の強さ。
しかし油断していい相手じゃない。
黒い騎士の周囲に黒い魔力が集まっていく。
それは間違いなく殺意の魔力、俺を殺そうという明確な意思。
さらにその剣は鋭さを徐々に増している。
俺は握りこぶしを作って、眼を閉じる。
再度見開き黄金色に輝かせ、覚悟を決めた。

あの日俺は決めたんだ。

彩《あや》を、レイナを、凪《なぎ》を……そして大切な人を守るために強くなろうと、甘さは捨てると。

「悪いが……倒す。いや、殺す！」

わざと強い言葉を俺は口に出す。

自分に言い聞かせるように、俺は今から人のような理性のあるものを殺すんだと。

俺は戦う。

正義がどちらにあるかなんかわからなくても、戦う理由だけは俺にはあるから。

黒騎士が走る。

音速を超えて、魔力だけなら超越者に匹敵する一撃が俺の心臓を真っすぐ狙う。

それでもそこに技術はない。

なら。

「ミラージュ」

「――――!?」

俺に当たるわけもない。

俺はミラージュを発動し、避けると同時に一瞬視界から消える。

驚く黒騎士の伸ばし切った腕を真上からの一撃で叩《たた》き切る。

「ガァァァア！！！」

黒騎士の腕が飛び、俺達と同じ真っ赤な血が周囲に舞い散る。

ただ直線状に攻撃してくる黒騎士の攻撃を避けるのはたやすいし、カウンターも決めやすい。

黒騎士は片腕を押さえて、俺を見る。

その目には恐れではなく怒りが溢《あふ》れているように見えた。

突如魔力の放流が起きる。

真っ黒な魔力がその黒騎士から溢れ出る。

精神混濁の時間は終わり、明確な意思をその眼から感じる。

だから俺は。

「……――ライトニング」

明確な殺意をもってとどめを刺す。

「がっ！」

ミラージュと背後へのライトニングを用いて瞬間移動。

俺の今一番得意な初見殺しの最大火力の一撃。

その威力は防御の反映率の低い黒騎士の胸を簡単に背後から貫いた。

口から赤い血を垂れ流し、黒騎士は剣を地面に落とす。

状態は間違いなく死という文字に変わり俺はこの意思のある生き物を殺した。

昔の会長の言葉を思い出す。俺は今自分の意思で、自分のために命を奪った。

消え入りそうな声で黒い騎士が言葉を漏らす。

何を言っているかわからない。

それでも1つだけわかった単語がある。それはあの黄金のキューブで聞いた言葉。


『ランスロット』


なぜ俺をそう呼ぶのか、あの記憶の旅で戦っていた騎士はなんなのか。

何もわからないまま黒騎士は砕けて灰になった。

魔力石も残さずに、ただそこには灰だけが残っている。

「……なんなんだ」

俺は黒い騎士の灰を握って見つめる。

ステータスも表示されず、完全に灰になっている。

「敵……なのか」

敵なのだろう。でもこの黒い騎士と白い騎士は戦っていた。

こいつらは白い騎士の敵なんだろうか、少なくとも味方には感じない。

ステータスには下級騎士（黒）と記載されていた。

ということは上級もいるんだろう。それがどれほど強いのかは分からないがこの相手以上ならば危ない。

精神混濁状態だったからこそ、それほど苦戦はしなかったが魔力でいうと圧倒的隔たりがある。

「……はぁ」

俺はその灰をそのまま地面に捨てる。

なんて後味の悪い戦いだったのか。

魔物にだって考えも意思もある。それを殺してきたのだから今更とやかくいうつもりはない。

それでも間違いなくこの敵は人間と同じ理性があり、意思があり、言葉を交わせた。

俺からの言葉が届いていたのかはわからないが、それでも何か反応はみせてくれた。

『条件1、2、3、4の達成を確認。完全攻略報酬を付与します』

その無機質な音声だけは相変わらずに俺に勝利を告げた。

俺は勝ったんだろう、なにかに。

勝利がもたらす高揚感など一切感じずに、戦闘は終了した。

俺は呆然《ぼうぜん》として手から落としそうになっていた剣をもう一度強く握りなおす。

「……ぶれるな。俺は戦うって決めただろ」

ソフィアさんを田中《たなか》さんの炎で天に送ったあの日俺は決めたのだから。

レイナを抱き締めながら決意したのだから。

滅神教《めつじんきよう》の大本を倒す。そしてそのためには力がいる。

アーノルドにも勝利できるほどの力が。

だから。

「止まらないぞ、おれは」

立ち止まってしまいそうな自分の心に言い聞かせる。

まずは魔力100万を目指す。

想いを貫くためには力がいるから。

「もしもし、凪か？　今から帰るけど大丈夫？」

「はーい！　いつでもどうぞ！」

俺はＡ級キューブを攻略した後、家に帰るために凪に電話していた。

いきなりライトニングで移動してもいいのだが、さすがに年頃の中学生の妹だ。

プライバシーは守ってあげないと、とんでもないときに出くわしてしまったらさすがに口をきいてもらえないかもしれない。

「じゃあ、ハオさん。今日はこれで一旦失礼します」

俺は今闘神ギルド本部に来ていた。

Ａ級キューブを一応は攻略したのでその報告にだ。

「いやーさすがですね。Ａ級キューブをソロ攻略するとは。さすがにうちのメンバーでも最低２人でいくんですけどね。ではこちらで記録しておきますので、また明日も来られますか？」

「そうですね、多分来ると思います。また一報入れますね」

「了解しました。ではお疲れ様です」

「お疲れ様です！」

ハオさんに挨拶をした俺は、ライトニングを使用する。

「ただいま、凪」

つまり、一瞬で凪の影へと稲妻の速度で戻ってきた。

日本の我が家、国境を越えるのにこんなに簡単でいいのかと疑問に思うが、その辺は闘神ギルドの特権でなんとでもなるとのこと。

日本の許可とかは一応ずっと俺は日本国籍だしいらないだろう、多分。

「おかえり！　お兄ちゃん！」

凪が振り向くなり俺に抱き着いてくる。

今日の朝別れたばかりだというのに、甘えてきて可愛《かわい》いやつめ。

「捕まえました！　彩さん！　レイナさん」

「はぁ？」

俺を力強く抱きしめる凪。一応はA級なのでまるで万力。

常人ならこの鯖折《さばお》りだけで死ぬぞ？　お兄ちゃんだから大丈夫だけどな。

「って、レイナと彩？　なんでいるの？」

「いえ、あの……なんでといわれると」

「彩が逢《あ》いたいっていうから、一緒にきたの」

「ちょっとレイナ！」

「ん？」

「はぁ……もういいわ。えーっと、灰《かい》さん。実はAMSの治療法についてなんですけどいよいよ発表できそうです」

「あ、そうなんだ！　それはよかった」

「はい、一応それを伝えに来たのと。……夕飯まだですか？」

彩が俺に恐る恐るという顔で聞いてくる。

今は18時、そういえば昼もダンジョンでおにぎり1つだったので滅茶苦茶《めちゃくちゃ》お腹が減ってることに気づく。

「まだだな、どっか食べに行く？」

「あ、じゃあ！」

俺の返答を聞いて、ぱぁっと顔が明るくなる彩。

キッチンのほうへ凪と向かって、エプロンを巻く。

「待っててくださいね、私が作ります」

「私は味見係です！」

エプロンを巻いた彩の隣で、凪が嬉《うれ》しそうに手を挙げる。

味見係なんているのかと思ったが、仲の良い姉妹みたいなので微笑《ほほえ》ましい。

「私は食べる係です！」

レイナが威張るように机に座って、俺に宣言する。

うん、知ってた。

たくさん食べておっきく育てよ。何がとは言わないし、もう十分だと思うけど。

「ありがとう、彩《あや》。彩の料理はおいしいから嬉しいよ」

「そ、そうですか!?　いつでも作りに来ますね」

彩が嬉しそうに顔を赤くしながら上機嫌で料理を始める。

トントントンという小気味よい包丁の音が心地よい。

「あー彩さんみたいなお嫁さんがいたら幸せだなーー絶対幸せだろうなーーーちらちら」

明らかに棒読みの妹が俺をちらちら見る。

何を伝えたいんだお前は。

「私はそう思う。灰、彩をもらってね。私は彩の料理を毎日食べたい」

「レイナは一体どういう立場でそれをいってるんだ？」

それから俺達は彩のおいしい料理を食べて、何でもない夕飯時を過ごす。

幸せだった。

同年代の女の子とご飯を食べることも、元気な妹と飯を食べることも、笑いながら美味《お》しい料理を食べることも。

ずっと続けばいいのにと、素直にそう思えるほどに。

「そういえば、お兄ちゃん！　私、国立攻略者学校に行こうと思うの！」

「えぇ!?　攻略者になるの!?　そ、それはやめた方が……」

「ううん、攻略者にはならない。でも私って治癒魔法の才能があるでしょ？　しかもA級。

だからちゃんと医学の勉強もして……みんながケガしたとき治療できるようになりたいの。私の力って命を救える力だから」

「……凪《なぎ》」

凪にはA級の治癒魔法の才能がある。

その魔力量でいえば、沖縄で田中さんを救ってくれたあの先生と遜色ない。

それこそ医術の勉強まですれば、世界トップクラスの外科医になることだって可能だろう。

治癒魔法は医術を駆使すれば何倍にも効果が跳ね上がると聞くし。

「でね、田中さんが口をきいてくれて申し込んだら今週の金曜に見学にきていいって！　保護者同伴で！　だからお兄ちゃん一緒にいってくれる？　ダメなら私一人でも……」

「そっか……」

俺は凪の頭を撫《な》でる。

あんなに小さかった妹はもうこんなに立派な考えを持てるようになったのかと少し感慨深い思いをしながら。

「わかった。ついていくよ。任せろ」

「よかった！　そういえば、今日のレイナさんの会見みた？」

「ん？　会見？　そんなのあったの？」

「そう！　ほら！」

そういって凪が動画のサムネイルを見せてくれる。

『超越者・銀野《ぎんの》レイナ　爆弾発言!!』

もうタイトルからして不穏な匂いしかしないんだが？

俺は恐る恐るその動画を開く。

最初は悪沢《わるさわ》さんが俺を批判しているような内容だったが、レイナが超越者であるとわかって国民を安心させるためなら仕方ないかなとも思った。

いつだって悪役がいてこそ、ヒーローが輝くのだから。

俺はゆっくり水を飲みながら動画を見る。

だってこういうときは。

『灰が大好きだから』

「ブーーッ！！！」

噴き出すのがお約束だから。

「レイナ!?」

「きゃっ！」

レイナが恥ずかしそうにくねくねして両手で顔を隠す。

ちくしょう！　可愛いな!!って、ちがーーう。

「きゃっ！　じゃないでしょ!!　なんてこといってんの!!」

「ちなみに、ネットは大荒れです。お兄ちゃんを殺すと叫んでいるレイナさんファンの動画もあがってました」

　凪が荒れに荒れている掲示板を俺に見せる。

　ただでさえ、アーノルドのことで嫌われているのにさらに嫌われそう。

「うわ……まじでレイナのファンに刺されるよ。S級でよかった、一般人なら夜も眠れない」

「大丈夫でしょ、さすがにお兄ちゃんに殴りこみをかけてくる奴はいないと思う。それに結構いい評判もちらほらあがってるよ？」

　そこには俺を擁護する意見も少数ながら上がっていた。

『暴力は正当化できないが、それでも好きな人の親のためにアーノルドを殴った男気は買う』

『アーノルドも別に殺さなくてよくねぇ？　日本が捕虜だっつってんのに』

『もうレイナちゃんと男女の仲なのか？　だとしたら殺す』

　一部物騒なコメントもあるが、わりとレイナが詳細をすべて話したことで俺の印象は暴力男から無謀な男ぐらいには格上げされているようだ。

　一方レイナのほうは、超越者として歓迎されているが滅神教《めつじんきょう》の親がいたことはどうなのかという意見もちらほらある。

　ただ滅神教《めつじんきょう》に関しては信者達は洗脳されているというのが世間一般の認識だ。それがスキルによるものなのかどうかまではわからないが。

なので意外とソフィアさんに関しては炎上していなかった。

というよりは。

「なんで連日俺の話題でこの国はこんなに盛り上がれるのか」

レイナと俺の関係がテレビをつければどこのニュース番組でもやっている。

なぜ全国放送でこんな話をされなくてはいけないのか、これなんて羞恥プレイ？

「灰さん、ぐっと来ちゃった感じですか!?　レイナの真っすぐな発言にぐっと!!」

彩が身を乗り出して俺に近づく。

少し手を伸ばせばキスできそうなほどに。

腕の間には谷間もできる、レイナのせいで見劣りするが彩も十分豊かな実り。

少しラフな格好だから上から覗《のぞ》けば結構見えた。

「灰さん。なんで、眼《め》が金色に光ってるんですか？」

「集中してるからですかね」

「灰のエッチ」

「お兄ちゃん、そういう年頃だもんね！」

俺の発言に彩が慌てて胸を隠すように自身を抱きしめて真っ赤になる。

上目遣いで可愛く俺に聞いてくる。

「み、みたいですか？　レイナに比べたら貧相ですけど……」

「見たくないといえば嘘になる可能性も少しばかり存在しているかと思われますがいかが

でしょうか」

「な、なんでそんなに早口なんですか！　ふ、ふたりっきりのときなら……ちょ、ちょっとならいいですよ」

「レイナ、凪。ちょっと田中《たなか》さんの家に送るから手を貸して……よし、ライトニン――」

「冗談ですって!!」

その日はそんなノリで夜遅くまで、まるで大学生のように楽しんだ。

凪は中学生だが、レイナも俺も彩も大学でサークル活動に勤《いそ》しんでいてもおかしくない年齢。

コンパだ、飲み会だと連日大騒ぎしていてもおかしくない。

それでもそんな道は選べなかった。

何が悪いというつもりはないが、それでも選ぶことはできなかった人生の夏休み。

そんな失われたページを埋めるように俺達は精一杯楽しんだ。

望んでもこんな日常は二度と取り戻せないかもしれないから。

この眩《まぶ》しい日常は、砂上の楼閣、薄氷の上、いつ壊れてもおかしくない。

だからせめて、今だけは。

◇米国　アーノルド邸
世界一広いその邸宅に侵入者が現れた。

本来ならばあり得ないこと。

かの最強を怒らせたなら、死からは逃れられないのだから。

『なんだ、お前……』

その玄関の扉が盛大に壊され、フードを被《かぶ》った侵入者をアーノルドが出迎えた。

『はじめまして、アーノルド・アルテウス。なるほど……直接見るのは初めてだが……すさまじい力だ。まるで白の騎士のようだ。人の身でよくもそこまで』

『なにわけわかんねぇこと言ってんだ？　だが人の家にドア蹴とばして入ってきたんだ。死ぬ覚悟はできてるんだろう……なぁ！』

我が家に不法侵入してきた相手に、問答無用で振り切った世界最強の拳。

『!?……なんだお前、その眼』

しかし、その拳は同じように片手で受け止められる。

衝撃で周りが吹き飛んだ。

その衝撃でフードがめくれ、その奥からはまっすぐとアーノルドの青い瞳を見つめる侵入者の目が見えた。

『死ぬ覚悟か……できているさ。だが今はやらなければならないことがある。悠久の時、我らを封じた忌々しい白の神の世界を壊す。そして』

そのまるでブラックホールのように真っ黒で、光を一切通さない闇の眼で、アーノルドを見つめ言い放つ。

『——世界を闇で覆わねば』

◇数日後　金曜、凪が学校に行く日

俺は凪の学校見学についていった。

国が運営する中学高校大学までエスカレーター式の教育機関。

正式名称は長すぎて忘れたが、通称覚醒者学校。

大抵どの国にも同じような学校はあるが、日本ではB級以上の覚醒者だけが入れる学校だ。

B級は1000人に一人ほど、それでも人口が億を超えるこの国ならば10万人近くは存在する。

学生となると数千人に落ちるがそれでもマンモス学校といってもいいだろう。

俺が学生なら学園編が始まってもおかしくはない。

この学校は学費もただ、食費もただ、ありとあらゆるものがただ。

教育も一流だ、なぜならB級以上の覚醒者はたった一人で莫大《ばくだい》な富を生む。

攻略者専用病院のようなものだな。

「にしても……でかいし、綺麗《きれい》だな」

「中学から大学まで全部まとめて入ってるからね。ネズミがいる夢の国より広いらしいよ」

一応は東京だが、敷地的に広すぎて千葉に作られている。

その点もネズミの国と一緒だな、あれも実は千葉にある。

「田中さんが校長先生に話してくれたみたいだから、えーっと……職員室はこっちだって！」

「何から何まで世話になるな……」

この学校の卒業生はアヴァロンに所属することが多い。

戦闘訓練の先生だってアヴァロンの攻略者が臨時できたりするそうだ。

だから田中さんの顔はここでも利く。

凪を学校に行かせたいと俺が田中さんの前でつぶやいたときから考えてくれてたんだろう。

「おい……あれって……」

「まじかよ、なんでここに？」

「天地灰《あまちかい》……日本を捨てたS級かよ」

（捨てたというか追放されたんだけどなー……）

ひそひそと俺を見て生徒達が噂する。

闘神ギルドに所属したということは、傍《はた》からみれば日本を捨てて海外の有力ギルドに行ったように見えるだろう。

いや、日本の資格を剥奪されたしそうするしかなかったところもあるのだが。

俺達はそういった声を無視しながら職員室に向かう。

すると、職員室の前に一人の女性が立っていた。

「灰くーん!!」

「みどりさん!!　なんでこんなとこに!!」

その人は天道《てんどう》みどりさん。

田中さんの婚約者のB級治癒魔術師が待っていた。

「一誠《いっせい》から、灰君の妹さんが入学するって聞いてね！　はじめまして、凪《なぎ》ちゃん。天道みどり、田中一誠の妻になる予定です」

にっこり笑うみどりさんは相変わらず優しいけど気の強そうなキャリアウーマンと言う感じだった。

「この学校の先生をしてるの。あれからダンジョン攻略は引退したわ。あ、灰君のせいじゃないからね？　私もそろそろやんちゃする年じゃないから……なんで治癒はしわには効かないんだろう……」

そういうみどりさんは少し遠い目をしている。

年齢のことは聞かないでおこう。

「ということで、凪ちゃんに私が治癒を使った医療技術を叩《たた》き込んであげる！　任せて！」

「よかったな、凪！　みどりさんは厳しいけど、優しいぞ！」

「お兄ちゃん日本語がおかしい気がする。でもよろしくお願いします！　みどり先生!!」

「はい、任されました！」

にっこり笑って凪の頭をポンポンと叩くみどりさん。

看護師資格も持っているそうで、やはり治癒魔術師は医療技術を学ぶのがオーソドックスなのだろうか。

「そうだ！　今から授業だから見学していく？　入学は来週からだけど」

「いいんですか？　お邪魔じゃ……」

「いいのよ！　別に！　今日は実習だから！」

「じゃあ、凪どうする？」

「いってみようかな……お兄ちゃんも時間大丈夫？」

「凪のためならいくらでも」

「ふふ、じゃあ……いきます！」


そういって俺と凪はみどりさんに連れていかれ車に乗せられる。

今日は野外での実習だというのだが、一体。


「実習って……本物のキューブ攻略かよ。しかも俺が完全攻略したことあるキューブ」

車で数十分。

そこには40人ぐらいの生徒達と引率の先生らしき攻略者がいた。

目の前には緑色のキューブ。つまりB級ダンジョンだった。

そしてそこはかつて俺が完全攻略したキューブでもある。

確か……宮殿タイプだったかな、人工の建物って感じだったはず。

「それにしてもやけに多いな……」

「実はね、普通は一クラス20名だけなんだけど、もう1つのクラスの先生が急遽《きゅうきょ》ダンジョン崩壊の対処でこれなくなったから合同で行うことになったの」

「なるほど……しかし合計40名ですか。遠足みたいですね」

「そうね、これだけの上級覚醒者で入るなんて聞いたことないわね。知ってる？　最近の子供達の覚醒したときの平均魔力が上がってるらしいの。B級なんて一握りだったのに……」

みどりさんの話だと、最近キューブに触れてはじめて覚醒するとき明らかに昔より魔力が高い子が多いらしい。

今日参加する生徒は、実にB級32名、A級は凪含めて8名だそうだ。

先生は10人参加しているそうで、A級2名、B級8名、つまりキューブ攻略に参加するのは合計50名。

生徒4人に対して、先生が一人ついている形。

いわゆるフォーマンセル、そして監督の先生と言う形だな。

その中に治癒の魔術師は凪とみどりさんを含めると5人ほどおり、けが人の治療を主に行うという。

ケガすること前提の実習とは中々気合の入った学校だと思ったが、さすがに志望する子だけだそうだ。

保護者が怒らないのかと思ったが、参加すると獲得した魔力石などを山分けするそうで大人気の実習らしい。

それに今までケガ人がでても、ベテランの先生もたくさん同行しているため大怪我した子はいないらしい。

そういった旨味《うまみ》をしっかり教えるあたり、国が攻略者を欲しているのがよくわかる。

未《いま》だ日本中のキューブは余裕をもって崩壊を食い止めているには程遠い、いつでもぎりぎりで回しているそうだ。

「よし、じゃあ俺もミラージュで」

「灰君？　だめよ？　ただでさえ今あなたは立場が弱いんだから」

「ですよねー……」

俺もミラージュでばれないように参加して影から凪を守ろうと思ったがさすがにダメだった。

ただでさえ、資格を剝奪されて色々バッシングを受けているのにこれ以上問題を起こすわけにはいかない。

その国の攻略者資格を持っていないものがその国のダンジョンに入るわけにはいかない。

「大丈夫だよ、お兄ちゃん！　こんなに強い人がたくさんいるんだもん！　だからお兄ちゃんもほら、今日も中国いくんでしょ？　そろそろ出勤時間じゃん」

凪が心配させないように俺の背中を押す。

「いや、今日ぐらいは休もうと……」

「もう！　お兄ちゃんも妹離れしないとだめでしょ！　ほらいったいった!!　ハオさん待ってるんでしょ」

「おぉ凪よ。これが思春期か。もうお兄ちゃんとお風呂に入ってくれないのか」

「もうすでに一緒に入ってないから！　変なこと言わない！　お兄ちゃんにも仕事があるんだから。ちゃんと帰ってきたら報告するからね」

「わかった、わかったから押すな押すな」

俺は凪に押されて、仕方なく本来の予定通り中国でA級キューブを攻略することにする。

B級ダンジョンで、この人数だ。

危険はないとは言わないが、問題ないだろう。

というか過剰すぎる、国でも落としに行くのか？　という戦力だ。

だが生徒達はみんな中学生。

A級もちらほらいるが、それでも戦闘経験は少ないからこれぐらいがちょうどいいのかもしれない。

「予定攻略時間は2時間、今日はボス戦までやっちゃうから」

このメンバーでボス戦までいくそうだ。

50人に囲まれるボスが可哀《かわい》そうに思えるが仕方ない。

いまだかつてこれほどの大軍で攻略されたダンジョンがあるのだろうか。

「凪、じゃあ俺はいくけど……」

「う、うん……やっぱりちょっと緊張するね。でも頑張る!!」

凪は初めてのダンジョン。

俺は昔を思い出す、初めてのダンジョン攻略の時はE級だったがとても緊張した。

ダンジョンの中は空気が違う、イメージでいえば某テーマパークのアトラクションの中のような、冷たい空気。

あの時の俺は魔力5、ゴブリンにすら殺される存在。

だからとても緊張したし、死というものをずっと感じていた。

佐藤《さとう》にもし見捨てられたらそのまま死ぬしかないという別の緊張感もあったのだが。

「はーい！　みんな注目！　じゃあ今から現地実習を始めます!!　勝手な行動は絶対に慎むように!!　まじで危険だから!!」

みどりさんの号令のもと、生徒達が次々とキューブに入っていく。

俺の手を握っていた凪も、意を決してキューブへと向かった。

「俺も妹離れしないとだめだなー……」

その背中を見つめながら俺は凪に手を振って、ライトニングを発動する。


「おはようございます、ハオさん」

そして俺は中国の闘神ギルド本部のハオさんの影へと転移した。

「おぉ!?　何度見ても慣れませんね。はい、おはようございます、灰さん」

「じゃあ今日もA級キューブいってきます！　今日はちょっと急ぎます！　予定があるんで！」

◇一方　凪

「ここがキューブ……暗い……ちょっと怖いかも」

凪が中に入ると、薄暗い洞窟のような空間が広がる。

「じゃあ、みんな訓練どおりに!!　まずは点呼！」

初めてのダンジョンで怖気《おじけ》づく者、何度もこなし勇猛果敢に臨む者、慣れからかあくびすらする者。

多種多様な反応を見せる50名の参加者。

それでもここはダンジョン。

油断したものは、子供だろうと食らっていく。

そしていつも、隠された要素というのは。

『参加人数上限の49名を超えました……総魔力量計算中……総魔力量50万、違反レベル2。ステージ2まで用意……B級ダンジョンからEXダンジョン『久遠の神殿』へ転移します』

油断したとき、ふいに突然現れる。

「なぁ、おい。さっきの天地《あまち》灰《かい》だろ、お前もしかして妹か？」

凪が次々入ってくる生徒達を誘導するみどりを後ろで見ながら待機していると一人の少年が話しかけてくる。

「そうだけど……だれ？」

「失礼。俺は悪沢《わるさわ》勇也《ゆうや》、A級だ。俺の父さんはダンジョン協会の会長。よろしく」

にっこり胡散臭《うさんくさ》い笑顔で凪に握手を求めてくる勇也。

身なりからしていいとこのお坊ちゃんという雰囲気だ。髪も金色に染めて我儘《わがまま》に過ごしてきましたと言う感じ。

「悪沢……そう、よろしく。私は天地凪」

凪は握手はせずに、簡単に会釈だけしてそっぽを向く。

悪沢会長はテレビで何度も見ているが、いつも灰を悪者にしようとするのであまり好きではなかった。

別に勇也のことが嫌いというわけではないが、兄を呼び捨てにした時点でおそらく兄に対して良い印象を持っていないことはわかる。

「おい、何だよその態度は！」

勇也が凪《なぎ》の肩を強く摑《つか》む。

勇也もA級覚醒者、ただつかむだけでも危険な存在。

「離して……痛い」

「なんだよ！　俺が話しかけてやってんだぞ!!　俺の父さんに兄が犯罪者にされてムカついてんのか？」

（なにこいつ、めちゃくちゃむかつくんだけど!!）

凪は今にもぶん殴りそうになるが、必死に拳を握って耐えた。

兄を犯罪者呼ばわりする勇也を思いっきり殴ってやりたいが、自分の力はすでに凶器なので必死に耐える。

（うぉぉ!!　なんだこの子、めっちゃかわえぇ！！！）

勇也のほうは、最初は遊びのつもりでからんだが今は凪に見惚《みと》れている。

同年代の女の子の中でもとびっきりに美人の凪は、別に灰が兄のひいき目で見ているだけではなく本当に可愛《かわい》かった。

レイナと彩《あや》レベルに成長する可能性を秘めているし、クラスの男子の大体が凪に惚《ほ》れていたという噂すらある。

「ま、まぁ？　完全に悪とまではいわないけどさ。何か理由があったみたいだし。でもS級の魔力かー。やっぱり恵まれた才能があると調子のっちゃうのは仕方ないよな」

怒っているようなので、少しだけ柔らかい言葉を使ってみる。

勇也は擁護のつもりだった。だがその勇也の言葉に凪が少し涙目になる。

キッという目で凪が勇也を睨《にら》んだ。

「な、なんだよ……」

怯《ひる》む勇也、なぜこんなに怒っているのかよくわからない。

「お兄ちゃんは恵まれてなんかない！　誰よりも辛《つら》い境遇だったのに、誰よりも頑張った!!　それだけは否定させない!!」

灰が暴行を加えたのは本当だ。

だからそこは仕方ないと凪は黙っていた。

でも兄の今までの人生を否定されるのは我慢できなかった。

自分のためにどれほど辛い思いをしてきたのか、こいつに教えてやりたかった。

2人は夢中になって口論してしまう。

その口論は飛び火して、何人かが参戦する。

「いや、天地灰は悪だろ！　追放されたんだし」

「でもレイナさんのお母さんのためだったたっていってたじゃん！」

「だからって殴っていいのかよ。目的は手段を正当化するって言ってるのと一緒」

「命を救うためなら俺は良いと思う！」

「S級を追放して、日本にメリットはないだろ、あれは外交上の敗北だな」

それぞれが中学生ながらに自分の意見を言い合った。

「こら!!」

「痛っ！」

「み、みどりさん……」

「凪ちゃんも、勇也も、みんなもやめなさい！　議論すること自体は反対しないけど、ここはダンジョン！　外でやりなさい！」

そのみどりの言葉に全員が盛り上がっていた口論をやめた。

ヒートアップしてしまえば、行くところまで行ってしまうのは、まだまだ中学生だから仕方ない。

「じゃあ、点呼とるよ！　全員並んで！」

50名の参加者が全員ダンジョンの中に入ったことを確認するために点呼を始めた。

その時だった。

『参加人数上限の49名を超えました……総魔力量計算中……総魔力量50万、違反レベル2。ステージ2まで用意……B級ダンジョンからEXダンジョン『久遠の神殿』へ転移します』

「え？」

その無機質な音声はキューブ全体に響き渡る。

みどり含め、先生達が異変を感じてすぐに退却命令を出そうとしたときだった。

全員の視界が暗転する。

「きゃぁぁ!!」

「なんだぁぁ!?」

いきなり転移の浮遊感に襲われた生徒達。

全員が叫び声をあげて、正常な判断ができなくなる。

うずくまり、叫び、近くにいるものと手をつなぐ。

「な、なんだったん……え？」

一人の生徒が目を開く。

そこは先ほどまでいた洞窟ではなかった。

「ここは……神殿……？　古びた神殿……」

生徒達が転移したのは、一言で呼ぶなら神殿だった。

しかし綺麗《きれい》な神殿などではなく、荒廃し、寂れている。

巨大樹のような白い柱はへし折れ、屋根もむき出し、時に忘れ去られた神殿のような場所だった。

「ゲートもない……」

外に繋《つな》がるゲートも消えていた。

つまり40名の生徒達と10名の大人、全員がこの神殿のようなダンジョンに閉じ込められた。

「全員集合！　そして待機!!　絶対に勝手に行動しないこと！　先生方はこちらへ!!」

生徒達が不安になるなか、全員が体育座りで身を寄せ合う。

何が起きているかはわからないが、何か異変が起きているということだけは全員が理解した。

余裕を持っていた生徒達も焦る大人たちを見て不安になっていく。

「一体なにが……」

「わかりません、転移して別のダンジョンにきたのでしょうか……」

「ここで待機して外からの救援を求めたほうがよいのではないでしょうか」

「食料は持ち合わせてません、それよりもここに来れるとは思えませんが……」

大人たち10人で方針を決定しようとする。

全員がベテラン攻略者であり、この状況でも冷静に話し合う。

しかし全員額に汗を流し、内心では命の危機を感じていた。

「EXダンジョン『久遠の神殿』……この言葉に聞き覚えのある方は？」

しかし全員がNOだった。

「先ほどの無機質な声ですが……私は一度だけ聞いたことがあります」

その時みどりが少し震えるように答えた。

「………黄金のキューブ。あの中で聞いた声にとても似ていた」

「黄金のキューブ……あの大量の死傷者を出した近年最悪の事件ですか……それは嫌な情報ですね」

ベテラン達ですら初めての現象。過去にキューブに大勢で入った例はある。

しかし、このレベルの規模でＢ級ダンジョンに入ったことは確かになかったかもしれない。

Ａ級10名、Ｂ級40名。

ダンジョンポイントで計算すると、通常攻略には10ポイントあればいいのだが、10×4＋40×2＝１２０ポイントと大きな乖離《かいり》がある。

「しかし運が悪い……まさか20年目にして発見されるとは」

だが彼らは知らない。

それは生存バイアスでしかないということを。

死人に口なしということでしかないということを。

「では、二択です。待機、それとも攻略。この選択を誤ると我々は全滅です」

「食料がないことが最も問題ですね。仮に数日経《た》っても救助が来なかった場合我々はここで死ぬことになる。水も各自が持っているものしかないですから……」

本来こういうときは外からの救援を待つのが得策だ。

しかし外への通信手段もなく、兵站《へいたん》も少ない。

どうしたものかと考えていると突如神殿の中央が光り輝く。

その光から現れたのは。

「ぐるる……」

2体の鬼。

「全員戦闘準備！！！」

誰よりも早く叫んだのはみどりだった。

その声に良く訓練された生徒達も精一杯武器を構えた。

ベテランは知っていた。

その転移してきた魔物が一体なんなのか。

「王種……嘘でしょ。しかも……2体!?」

「ガァァァ！！！」

「ギャァァ！！！」

鬼の王が2体。

まれにA級ダンジョンのボスとして現れるレッド種と対をなすA級上位のボス級魔物。

その王種が神殿の中央にいきなり現れて、こちらを見つめる。

身の丈ほどの巨大な斧《おの》をもち、まるで神殿を守るように構える。

「B級の生徒達は後ろで遠距離から援護!!　A級の生徒だけは手伝って!!」

「はい!!」

そして先生10名+生徒40名、合計50名の大規模戦が始まった。

◇

「はぁはぁはぁ」

2体の巨大な鬼を倒した生徒達は、多少のケガをしながらも地面に座り込む。

苦戦はしたが、それでも倒すことはできる。

ここにいるのはA級キューブも攻略してきたベテラン攻略者、そして生徒達も将来有望なA級、B級覚醒者。

だから鬼王の2体程度ならなんとかなった。

「なんだよこれ、なんなんだよ……」

それでも、突如戦いを強制された生徒達は混乱し、悪態をつく。

悪沢勇也《わるさわゆうや》は、長剣を地面に突き刺した。

体力の配分も考えず最初から最後まで全力で動いた。

その疲労から剣をまるで杖《つえ》のようにして、なんとか立っている状態。

「勇也君、ありがとう。すごい活躍だったわ」

「先生もさすがですね。B級なのに戦いながらみんなを治癒するなんて。見直しました」

「ふふ、さすが生意気」

「へへへ………な、なんだよ！　お前」

その勇也に近づく一人の少女。

優しく勇也の腕を持ち、その傷に手を当てた。

「回復してんのよ、ほら。座って。手当してあげる」

「い、いらねぇよ。これぐらい」

「……バカ！　まだ終わってないのよ。私は……治癒しかできないから。おとなしく治癒されて!!」

「………サンキュ」

それは凪《なぎ》だった。

勇也のことは気に食わない。でもここで感情的になるほどバカではない。

治癒を施し、せめてまた戦えるようにと自分の魔力を送りこむ。

「はい、終わり。他にケガしてるとこはない？」

勇也の体をペタペタと触る凪。

勇也は顔を少し赤らめながらも、強がって凪を引き離す。

異性からのボディタッチには人一倍敏感な年ごろ。

「べ、別にもう大丈夫！　あ、ありがと……」

「そう、よかった。みどり先生。私も戦力として使ってください。戦うのは難しいですけど、治癒ならできます!!」

「凪ちゃん……ええ、わかったわ」

みどりはその凪の気持ちを受け取った。

正直今は生徒だから待機していてくれなんて言う余裕がない。

だから全員で切り抜けようと了解する。

「お前度胸あるな……見た目のわりに」

「なに？　可愛《かわい》いだけだと思った？　私を誰の妹だと思ってんのよ。あんな鬼にビビッてられないわ」

「はは、世界最強にもビビらなかった兄貴だもんな」

「ふふ……さっきはごめん。改めて、私は天地《あまち》凪、よろしく。次お兄ちゃんのこと悪く言ったらぶん殴るから」

「あ、あぁ。もう言わない」

凪は勇也に手を伸ばす。

勇也もその手を握った。その握手を見て他の生徒達も今は全員が手をつなぐ必要があると認識を改める。

まだ子供だった生徒達は徐々に戦士の顔になる。

一丸にならなければこの試練は越えられない。

みんなで手を合わせれば。

「王種が……3体」

きっと無事に帰れるはず。

◇同時刻、灰《かい》

俺は今全力で、A級キューブを攻略している。

いつもは余裕をもってじっくり丁寧にやっているが、今日は凪が2時間ほどでかえってくるので早く行ってあげたい。

「このダンジョンもまたあの黒い騎士がでてくるんだろうな」

A級ダンジョンの完全攻略のエクストラボスは全てあの黒騎士だった。

何度か意思疎通を試みたが、俺を見るなり本気で殺しに来て話にならない。

だから俺は、諦めてもう殺すことにしている。

その騎士達の断片的な会話から導き出されるのは、おそらく巨大な敵の出現。

「それまでにせめて超越者になっとかないと……」

あれから毎日ひとつずつ攻略し、今日でA級キューブ7個目に達していた。

そのため俺のステータスは、自分でもびっくりな化物級となっている。

名前：天地灰

状態：良好
職業：覚醒騎士（雷）【覚醒】
スキル：神の眼《め》、アクセス権限Lv2、ミラージュ、ライトニング
魔　力：851185
攻撃力：反映率▼50（＋30）％＝680948
防御力：反映率▼25（＋30）％＝468151
素早さ：反映率▼25（＋30）％＝468151
知　力：反映率▼50（＋30）％＝680948

装備
・龍王の白剣（アーティファクト）＝全反映率＋30％

「こう見るとやっぱり彩《あや》の力ってチートだな。攻撃力だけなら偉兄《ウェイにい》にも追いつきそうだ。他はボロ負けだし、偉兄もアーノルドも真覚醒スキルを使ったらさらに化物になるからそれでも勝てないけど」

攻略していくにつれて強くなり、今や超越者一歩手前。

A級ダンジョンですら今の俺の相手ではない。

最初は6時間ほどかかった攻略も今なら本気でやれば2時間ほどで終わらせられる。

「……さてと、早く倒して凪のこと迎えに行ってやらないとな」

そして俺はA級ダンジョンのボス部屋の扉を開いた。

◇一方　凪

「はぁはぁはぁ……一体いつまで続くの」

あれから1時間以上が経過していた。

戦闘が終われば、少しだけのインターバルの後すぐ次の相手が現れる。

しかも敵はさらに強くなっていく一方。

今も鬼王2体と狼王《ろうおう》2体を何とか50人という数の力で倒したばかり。

死人が出てもおかしくない戦いだった。

ギリギリのところで踏ん張れたのはやはりベテランの技術と、通常に比べて治癒魔術師が多かったからだろう。

貴重な治癒魔術師の攻略者、本来はパーティに一人いれば生存率は倍以上まで跳ね上がる。

「ぐっ!!」

「勇也！」

凪は腕を押さえる勇也を治癒した。

紫色に変色し、おそらく折れてしまっている。

それでもA級の凪の力ならば骨折程度なら全快する。

「サンキュ、凪。これ……まじでいつまで続くんだよ」

「これで10回目だもんね……そろそろまじでやばいかも」

凪があたりを見渡すと、同じようにケガをして治療を待っている人が多くいた。

終わりが知れない状況は、弥《いや》が上にも疲労を増し、一体この地獄のようなデスマーチがいつまで続くのかと焦燥感を掻《か》き立てる。

だが、その問いに答えるようにあの音声が全員の脳に響き渡る。

『ステージ1をクリアしました』

「やった……やった！　クリアだ、凪!!」

勇也がその声に喜ぶ、これで終わると思ったから。

だが凪は違った。

転移する前に同じような声で告げられた言葉を思い出す。

ステージ1と言う言葉の次にくるのはきっと。

『ステージ2を開始します』

「はぁ？　ステージ2？」

終わりだと思った歓喜からの落差によって、まだ余力を残していた生徒達の心が折れそうになる。

まだ折り返し地点でしかなくて、また10回同じようなことを繰り返さなくてはならないのかと。

「く、くそが、やってやるよぉぉ!!　諦めるなんて何時《いつ》でもできるわぁ!!　先生もへばってる場合じゃないっすよ!!」

勇也も一度は膝をつきそうになったが、もう一度立ち上がる。

「勇也。よくいった!!　ほら、全員立って！　まだまだ元気でしょ!!」

みどりがその勇也の声に乗って声を上げる。

ベテラン達も、B級の生徒達も、それにつられて立ち上がる。

「やってやる!!」

「お、俺も!!」

「私も!!」

いつしかその熱は伝播《でんぱ》して、みんなの心は文字通り今1つになった。

絶対に生き残ってやるんだと、ここにきて最高のモチベーションへと上がっていく。

そして神殿の中央が光り輝き、ステージ2の魔物が現れる。

どんな敵が来たって諦めない。

今は全員の心が1つになった。

たとえレッド種がきても、龍種がきても、王種が10体きたって今のこのチームなら勝てるはず。

全員が剣を構えて前を向く。

その瞳には微塵《みじん》の恐れも映さない覚悟の炎を燃やしていた。

だが、ダンジョンはいつだって、そんな覚悟をあざ笑うかのように想像を超えていく。

転移の光と共にそれは現れた。

腹の奥に響く低い声、世界が震えたかと思うほどの声量で。

それは1体の鬼だった。

真っ黒な肌に、魔物というより人に近い顔。

それでも成人男性の3倍以上の体軀《たいく》で、身の丈ほどの大剣を持つ。

「はぁ？」

ベテラン達は知っていた。

ゆえに絶望した。

生徒達は知らなかった。

ゆえにただ恐怖した。

その魔物は、世界で5か所にしか現れることはない。

A級のベテラン攻略者ですら普通なら相対することなど絶対にない。

いや、絶対に相対してはいけない。

ほんの一握りの上澄みだけが、神に愛され選ばれたほんの一握りの天才だけが相対することが許される。

最高ランクのS級攻略者達が、城壁を築き、チームを組んで、束になって戦う相手。

人類がいまだ攻略したことがない紫色のキューブに存在する化物。

「まさか……S級……帝種」

「オォォォ!!」

絶望の雄たけびと共に、子供達の精一杯の覚悟の炎を、まるでロウソクの火を吹き消すように消し飛ばす。

その鬼が震える生徒達を見る。

最初に声を上げたのはみどりだった。田中《たなか》と一緒にその魔物を直接見たことがあったみどりだからこそ声を出せたのかもしれない。

「ま、魔法部隊撃って!!　A級は全員前で盾!!　一瞬たりとも気を抜くな!!」

その命令とともに、何とか足を動かして生徒達は立ち向かう。

A級の攻略者が、肉の盾になり、魔法が使える生徒はがむしゃらに魔法を連発する。

爆炎が上がり、A級の魔物ならば倒せる威力。

しかし、相手は確認されている中で頂点に位置する魔物の1体。

多少のダメージを与えるにとどまる。

そして何事もなかったかのように振り上げられた巨大な剣。

その大剣が一人の生徒に振り下ろされる。

「逃げろ!!　ぐあぁぁ!!」

それをかばって逃がしたベテランの先生の腕が剣ごと真っ二つに叩《たた》き切られる。

ガードは不可能。その威力をA級程度が受け止めることなどできるわけもない。

「治癒班早く!!　まだつながる!!」

代わる代わるその鬼の意識を割いてヒットアンドアウェイを繰り返す生徒達。

命を懸けた刃は、魔法は、少しずつだが黒い鬼の命に届いていく。

それはまるでレイド戦、物量で圧倒的強者に立ち向かう。

弱者の戦いであり、我慢の戦いだった。

そして生徒達にとって、永遠にも近い30分が経過した。

「ガ……ガァァ……」

長い長い死闘の果て、生徒達は討伐した。

50人の上位覚醒者という数の力をもって、頂点に位置する魔物の1体を何とか倒すことに成功した。

奇跡といえる勝利だった。

「はぁはぁはぁ……死んでないのが……はぁはぁ……奇跡だな」

勇也《ゆうや》は傷だらけの体で周りを見渡す。

後半は無我夢中で戦った、何度も死にかけながらも必死に切り刻んだ。

周りの音も聞こえなくなるほどに集中し、鬼が倒れた後、我に返って周りを見る。

周りは阿鼻《あび》叫喚《きょうかん》の血みどろな現場。

ぐちゃぐちゃで目も当てられないほど傷ついた腕や足。

思わず吐きそうになるのをぐっとこらえて耐えきった。

死人がでていないのは、治癒する者達がたくさんいて全員が優秀だったからだろう。

本来はパーティに一人すらいない貴重な治癒魔術師が今日は５人。

「治癒！　治癒!!」

そこには必死に今も治癒をかけつづける凪《なぎ》の姿があった。

駆けずり回り、ケガした人を必死に治癒している。

その姿はまるで野戦病棟の医者のようだった。

「凪。お前も休め、魔力欠乏でぶっ倒れるぞ」

「休まない！」

勇也が、凪の肩をもち、治癒をやめさせる。

「……戦えない私は、これしかできないから！　ぶっ倒れても全員治す!!」

その迫力に勇也は何も言えなくなる。

「……せめて水でも飲め」

勇也はバックパックにしまっていたペットボトルの水を凪に手渡す。

それを見つめながらありがとうとつぶやいて凪は水を飲んでおちついた。

状況は最悪、もはや戦意も乏しい。

みどりですら、虚《うつ》ろな顔でけが人を治療するが疲労と魔力欠乏で思考が回らない。

だがダンジョンはいつだって待ってはくれない。

絶望とは、こういうことだと教えるように。

神の怒りに触れた違反者を処罰するかのように。

あざ笑うかのように、ただ絶望を突きつける。

2倍では足りないだろう、ならば3倍を与えよう。

淡い光と共に神殿に転移する3つの光に包まれた絶望。


「オォォォ！！！！」

「オォォォ！！！！」

「オォォォ！！！！」


先ほど1体ですら苦戦し、敗北しかけた真っ黒な鬼が3体。

光に包まれ神殿に転移してきた、その顔は醜悪な笑みに歪《ゆが》む。

それを見た生徒達は剣を、杖《つえ》を、戦意を捨てた。

乾いた笑いと共に、もう自分達はここで死ぬんだと諦めた。

「俺達死ぬんだ、ははは」

「終わりだ……もう……」

「お母さん……うっうっ……」

まだ中学生の子供達全員が親を思い出しながら泣きじゃくる。

まだ精神的にも未熟な子供達は死の恐怖に耐えきれずにわんわんと泣いてしまった。

もう誰も剣を握れなかった。

もう誰も心を燃やすことはできなかった。

ただ一人を除いて。

「わ、私は諦めない！　だって私はお兄ちゃんの妹だもん」

勇敢な兄の背中を見てきた少女だけは誰のものかもわからない剣を拾い、握って、立ち上がる。

「凪……お前」

「私は諦めない！　だって……だってお兄ちゃんなら絶対あきらめないから！　絶対だから!!」

天地《あまち》凪が剣を握って前を向く。

それを見た黒い鬼が、真っすぐと凪へ向かって歩いてくる。

たった一人剣を握って、歯向かう凪を敵と認識して。

「うっうっ……こ、怖くないもん!!　怖くないもん!!」

嘘だった。

凪は怖かった、怖くて怖くてたまらなかった。

その黒い鬼は、死というものを具現化したように怖かった。

凪の剣を持つ手はカタカタと震えた。

足に力が入らない、もうこのままへたり込んでしまいたい。

それでも真っすぐと前を向く。

妹に誇れる兄になりたいと灰《かい》が願ったように。

「だって、私は天地凪！　世界で一番かっこいい天地灰の妹だもん!!」

凪も兄に恥ずかしくない妹になりたいと心から思ったから。

「く、くそ!!　かっこいいじゃんお前!!」

その凪に感化された英雄になりたい少年が一人、凪の横で震える足で立ち上がる。

「お、俺は悪沢《わるさわ》勇也!!　この国で一番偉い父を持つ男!!　そして将来その後を継いで、この日本を強国にしてみせる!!　それが俺の夢だ！」

「勇也……」

「だ、だから魔物なんかに負けてたまるか!!　かかってこいよぉぉぉ!!　こ、こわくなんかねぇぞ!!」

精一杯の強がりで、凪の前に歩いていく。

震える足を精一杯勇気だけで動かして、力の入らない腕で気持ちだけで剣を構えて立ちふさがる。

それをみた鬼は笑う。

ゆっくりと近づき剣を振り上げる。

勇気だけでは、絶望には抗《あらが》えないと世界を闇に呑み込まんとする暗い鬼。

振り下ろされた剣、勇也では止めることなどできない無慈悲の一撃。

「あぁぁぁぁ！！！」

それでも後ろの少女のために逃げるわけにはいかないからと、腹から声を出して剣を掲げる。

逃げない。

ここで死ぬとしても、せめて逃げない！

「逃げてたまるかぁぁぁぁ！！！」

もうだめだと全員が思わず目を閉じてしまう。

それでもみんなが最後の最後まで諦めなかったからこそ。

バチッ!!

英雄が期待に応えるように間に合った。

「――……え？」

勇也に来るはずの衝撃がこずに、金属音とまるで稲妻のような音が神殿の中で鳴り響く。

ゆっくりと目を開ける勇也が見たものは頭上数センチで止まっている剣。

止めているのは純白の長剣を握る逞《たくま》しい片腕。

「――凪を守ろうとしてくれたんだな、本当にありがとう」

その白い剣を軽く振り払って、巨大な剣を弾《はじ》き飛ばす。

何が起きたか理解できない勇也の頭を、優しくて大きな手がわしゃわしゃとなでた。

「……遅くなって悪い。あとは」

ゆっくりと勇也の前に出て、その手で白剣を握りしめる。

傷ついた最愛の妹と、それを守ろうとしてくれた少年の前へ。

そして目線は黒い鬼へ、怒りと雷と光を纏《まと》ってその目を金色に輝かせる。

「兄ちゃんに任せろ」

◇時は少し戻り灰がA級ダンジョンを攻略し終えたころ
「終わりました、ハオさん！」

俺はすぐにハオさんの影へとライトニングで移動した。

「灰さん！　よかった。さきほど日本のギルドアヴァロンの田中一誠《いっせい》さんから至急でライトニングで飛んできてほしいと!!　緊急事態だそうです！　おそらくは……いえ、とりあえず早く。報告はこちらでやっておきますから」

「え？　わかりました！」

そのハオさんの表情から何か大変なことが起きているんだと思った俺は田中さんの影へとライトニングを発動し移動した。

「田中さん！……え？　なんだこれ」

転移した先、田中さんが俺の転移の音を聞くなり振り返る。

「灰君！　よかった!!」

「田中《たなか》さん一体なにが……」

俺はその横のキューブを見つめる。

それは今まで見たことのない状態。

黒い液体の中に白い液体が垂らされて混ざらずに反発し合っているような見た目。

禍々《まがまが》しいまでのオーラを放ち、侵入すら拒絶する。

俺はふいに触ってみるがバチッという音と共に弾かれる。

「なんだこれ……」

属性：封印の箱
名称：久遠の神殿
入手難易度：――
効果：――
説明　久遠の神殿に挑戦中『ステージ2（1／2）までクリア』。
・正規ルートではないため、総魔力量からステージ2－2まで生成中。

俺はそのキューブのステータスを見た。

そこには今まで見たことのないステータスが表示されている。

久遠の神殿、聞いたことすらない言葉だった。

「……なんだこのキューブ……え？　まさかここって」

　俺はあたりを見渡す。

　田中さんの影に転移してすぐにキューブを見たから気づかなかったが、ここは。

「凪!?　田中さん、ここって!!」

「あぁ、そうだ。凪ちゃん含む日本国立攻略者学校の生徒の実地訓練中。中には50名いるはずだ。原因は不明、しかし我々では入ることすらできない」

「……行きます。俺が！」

「灰君……ここは日本の管轄のキューブだ。君は資格を剝奪されていて、中国のギルド所属だ。これは国際的な問題になる」

「わかっています。俺はまたルールを破る。自分が救いたい人のために。でも!!」

　俺はもう一度ルールを破ろうとしている。

　アーノルドの時と状況だけでいえば似ていた。

　ただ自分が救いたい人がいるからという理由だけで他国のキューブに侵入しようとしている。

「わかっている。だから……責任は私が取る、いってこい。灰君。君の一番大切なものを救いに」

　田中さんは、状況を説明してくれた。

　それでも責任は取るからと俺を安心させてくれているんだろう。

とてもありがたい、でもその言葉がなくても俺は進む。

「田中さん、俺はもう子供じゃないです。だから責任ぐらい」

だって俺はずっとそうしてきたから。

凪《なぎ》を救うために、一人でキューブを攻略してきた。

レイナのお母さんを助けるために、あの最強をぶん殴った。

いつだって俺は世界のルールを守ることなんかより。

「自分でとります」

この手で愛する人達を守りたい。

「――ライトニング」

◇久遠の神殿の中
灰の真っ白な剣が黒い鬼の巨大な剣を受け止める。

すぐにはじき返し衝撃で鬼はのけ反った。

「ありがとう、俺の世界一大切なものを守ろうとしてくれて。かっこよかったぞ」

灰は、泣きじゃくる凪と勇也《ゆうや》の頭を優しく撫《な》でる。

生徒達は何が起きたか理解できない。

理解はできないが、突然現れたその人は知っている。

ルールを破り、この国から追放されたS級の攻略者。

雲の上の存在で、あの世界最強にすら一矢報いた日本人。

「凪も頑張ったな。ここからは兄ちゃんに任せとけ」

「お兄ちゃん…………もう！　遅すぎ!!　バカバカ!!　死ぬかと思った!!」

「ごめんな……」

灰はぎゅっと凪を抱きしめた。

「帰ったら一日デートで許す……だから早く倒してきて」

「どこでも連れてくよ。じゃあ少しだけ待っててな」

灰は後ろから抱き着いてくる凪を振り返り、もう一度ぎゅっと抱きしめた。

震えている妹、そしてこの凄惨たる状況から察するに本当に地獄のような戦いだったのだろう。

凪を離して灰は目の前の鬼達を見る。

突然現れた自分に驚きながらも今までの魔物達とは一回りも異なるその黒い鬼。

「俺の妹に手を出したな。それだけは絶対に許せない、それだけは何があっても許せない。凪は俺の生きる意味だ、俺の命だ。たとえ神だろうが何だろうが!!」

黄金色に輝く瞳に、怒りを込めて白剣を握る。

超越者一歩手前の90万を超える魔力で。

「ガァァァ!?」

「――許さない!!」

鬼を切る。

「すごい……」

生徒の一人が声を漏らした。

自分達が必死に戦ってそれでもかすり傷のような傷しかつかなかったその鬼の首が一撃で切断された。

「あれって天地灰《あまち》？」

「どうして……でも……強い」

「いけ……いけ!!」

生徒達はその強さに、目を輝かせる。

絶望の中に現れた希望は、たとえ先ほどまでは正義だ悪だと議論していてもやはり正義の味方でしかなかった。

強い、次元が違う、自分達とはものが違う。

「はぁぁぁ！！！」

またもう1体の鬼の首が飛ぶ。

「「いっけぇぇ！！！」」

生徒達の応援の声が最高潮まで達した瞬間。

3体目の鬼は首を切られて地面に倒れる。この瞬間勝利は決まった。

「やった……やった！！！」

「助かった!!」

「よかったよ、よかっだぁぁ！！！」

「わぁぁ！　お家に帰れる!!」

生徒達は抱きしめあいながら生存を喜んだ。

「魔力10万の鬼だったけど……もう敵じゃないな……」

灰《かい》は握りしめる白剣を見つめ、自分の強さを再認識する。

世界の頂点に届きそうな力を、そして守れたものを見つめる。

生徒達の喜びの声を祝福するかのように、無機質な音声は戦いの終わりを告げた。

『久遠の神殿ステージ２クリア。……生成したステージすべて攻略。以上終了します』

その声と共に光の粒子に包まれて、まるでボスを攻略した時と同じように生徒達はその神殿を後にする。

灰は急いで黒い鬼の魔石を一瞬で回収し、ポケットに入れる。

全部は回収できず、１つだけだが確保することに成功した。

「なんか……また来ることになりそうだな……一体ここは……なんなんだ」

灰も同じように光に包まれ神殿を後にする。

悠久の時に忘れ去られ、久遠の時にただ佇《たたず》んでいる壊れた神殿。

一体ここは何なんだと。

その時だった。

「!?」

灰は何と無しに見つめていたその神殿の中心に何かがいるのを見た。

「お、おい、君!!」

急いで声をかける。

それは人のように見えた。

でも羽が生えている女性？　光が邪魔でよく見えない。

そして、その女性が何か日本語ではない言葉を発した。

脳に直接響くその声は。

『待ってます、次は正規ルートで……今代の騎士。天地灰さん』

「え!?　ちょっとま――」

いつもの無機質な声と同じなのに、確かに感情が乗っていた。

◇灰視点

「――って……」

俺は手を伸ばしたが、同時に転移しキューブの外にいた。

ゆっくりとその黒と白のまるでコーヒーにミルクを垂らしたような、所々灰色の壁がゆっくりと倒れ、緑色に戻った。

初めて見る禍々しいまでのキューブの異変は終わりを迎え、普通に戻る。

（何だったんだ……人？　でも羽が……）

「ママ!!」

「パパ!!」

「あぁ、良かった!!」

唖然《あぜん》とする俺とは対照的に、周りが騒がしくなっていく。

生徒達の両親であろう人々がたくさん集まって我先にと子供達を抱きしめる。

覚醒し、世界の在り方が変わっても親子の絆《きずな》は変わらないように、その姿は化物と呼ばれるA級覚醒者であろうと変わらない。

けが人はすぐに病院に運び込まれたが、奇跡的に死人は0だった。

だが、もし俺が間に合わなかったのならおそらく全員……。

「灰さん!!」

「彩《あや》！　来てくれたのか」

彩が俺に向かって走ってくる。

心配してきてくれたのだろう。俺は手を広げて抱き着いてくるのを待った。

しかし、彩が抱きしめたのは凪だった。

「凪ちゃん、心配したのよ!!」

俺は少し恥ずかしくなってポリポリと頭をかく。

まぁ俺は心配されなくてもいいんだけどね？　実際凪のほうがひどい目に遭ったしね。

「じゃあ私が……ぎゅっ」

「あ、ありがとう。レイナもきてくれたんだな」

「嬉《うれ》しい？」

「……う、嬉しいよ」

俺に抱き着きながら俺の胸に顔をうずめてのぞき込むように俺を見る。

俺と目が合ったらニコッと笑うレイナ。畜生、相変わらずに可愛《かわい》いな。

その後レイナは彩と抱き合い終わった凪をぎゅっと抱きしめる。レイナも凪のことを妹のように思ってくれているようでうれしい。

「灰さん、べ、別に心配しなかったわけじゃないですよ？　でも凪ちゃんのほうが……ね？」

「いやいや、気にしてないよ。凪の方を抱きしめてくれてありがとう。そっちのほうが嬉しい。なぁ凪」

「めっちゃ怖かった。これは今日はぎゅっとしてくれないと寝れないかも」

「いつもしてるだろ」

「え？　凪ちゃんいっつも灰さんと一緒に寝てるんですか!?……羨ましい」

俺達がいつものようにコントみたいなことをしていると田中《たなか》さんが歩いてくる。

「よかったよ、灰君、全員無事で。それで……中で何があったか聞いてもいいかな？」

「ええ、もちろん。それでそちらの人も一緒にですよね？」

俺は田中さんと一緒にいるその人を見る。

でっぷり太った政治家のような見た目の男。

俺を追放し、悪者とした男。

「初めまして、悪沢《わるさわ》会長」

その男がスーツ姿で、俺を見る。

◇悪沢視点

「父さん！」

勇也を私は全力で抱きしめた。

息子がキューブに閉じ込められたと聞き、業務そっちのけで急いできた。

着いたはいいがどうすることもできない状況に、焦るしか出来なかったが。

そして遠目に見えた彼が、おそらく全員を助けたのだろう。

「よかった……勇也。よかった……」

息子は帰ってきてくれた。

全身傷だらけで、どんな死闘を潜《くぐ》り抜けたのか、想像も出来ない。

「父さん……助けてくれたんだ。あの人が……」

その息子の勇也が視線を向けるのは、やはり天地灰。

かつて自分がこの国から追放した男だった。

「……そうか」

彼を追放したのは外交上の敗北でもあった。

天地灰がルールを破ったことを含め多くを知っているあの国は彼の弱みを握り追放を促した。

同様に米国も彼を狙っていることはわかっていたが、アーノルドの一件がある分かの国が圧倒的に有利だろう。

私は悩んだ。

国を挙げて彼を守るべきなのか、抵抗するべきなのか。

だが、かの大国には片やアーノルド・アルテウス、片や、王偉《ワンウェイ》。

2人の超越者に加えてS級の数も日本と10倍近くの差があった。

それは国力の差、有事の際にはどうしようもない差だった。

核兵器という抑止力が本来の意味を失った世界は――まぁこの国は元々持っていないが――覚醒者の強さがものを言う。

世界がバランスを保てているのは、ひとえにダンジョンが存在するからだ。

共通の敵が現れて世界は一旦の落ち着きを取り戻していた。しかしその仮初の平和はいつ壊れてもおかしくないほどに不安定。

むしろダンジョン攻略が安定してくるにつれて、世界情勢は不安定に戻りつつあった。

世界の警察だった米国はアーノルドという自国をも滅ぼしかねない爆弾を抱え、世界の覇権を狙う中国には心技体揃《そろ》った最強の英雄がいる。

ならこの弱い国は、戦っても大国には勝てないのなら彼を渡すべきではないか？

日本生まれで、優しいと聞いている彼をかの国に送れば味方とは言わずとも敵にはならないのではないか？

まるで悪役のようにしてしまったが、彼の怒りを買うよりもアーノルド、そして米国の怒りを買う方が得策ではない。

ならば日本は彼を悪い者として認識しているとアピールしたほうがいいだろう。

大国に従属することでしか、この国を守ることなどできないのなら素直に従うしかないのだから。

それが私の考えだった。

景虎《かげとら》会長との決定的な考えの違い、それは強い日本を目指すのではなく、都合の良い日本を目指すこと。

いつ世界大戦が起きてもおかしくないこの世界では、日本は大国にとって便利であり、搾取でき、侵略する意味のない国へ。

敗者として尻尾を振る。

悔しくてどうにかなってしまいそうでも、それが弱い者の戦い方だから。

景虎会長のやり方は理想だ。

強者として生まれ、強者としてふるまう。

眩《まぶ》しくて、尊敬され、敬われる、自分にはできないやり方でこの国を変えようとしている。

その日本は皆が目指す理想の国だ。

それは理想だ。

だが、理想だ。

弱者には弱者の戦い方がある。

弱い国には弱い国の戦い方がある。

たとえ嫌われようとも、かっこ悪くても、弱い者が選ぶべき戦いがある。

だから景虎会長ではなく、自分がこの国を守るべきだ。

あの誇り高い人ではこの国の国民はいつか誇りを胸に戦うことになる。

それはだめだ。

従属してでも戦いを選ばない、それが私なりのこの国の守り方だった。

正しいとは思わない、石を投げられるほどには間違っているのかもしれない。

それでもそれが私の正義だった。

「勇也《ゆうや》少し待っていてくれ。私は仕事をしてくる」

私は立ち上がって天地灰《あまち》を見る。

ルールを破ったS級覚醒者、めまぐるしい成長を遂げる特別な存在。

ルールは絶対だ。

昔、ルールを守らなかった攻略者を助けに行って私の妻は死んだ。
個人のわがままを押し通し、ルールを破ったもののために、最愛の妻は死んだ。
だからルールは絶対に守らなければならない。
ルールはルール。特に協会のルールはみんなの命を守るためにある。
確かに彼は特別だ。
まるで物語の英雄のようだ。
だが誰しもが彼のような勇猛果敢な英雄にはなれない。
選ばれた者の輝かしい英雄譚《えいゆうたん》は選ばれなかった者の眼《め》をいつも曇らせる。
追いかけても届かぬ夢を見せてしまう。
だからルールという道が必要なのだ。
それでも。
「……弱者には弱者の道があるように……英雄には英雄の道がある……か」
何事にも例外は存在する。
そして私は事情を知っている田中一誠《いっせい》と一緒に天地灰《かい》のほうへ歩いていく。

◇灰視点

「はじめまして、悪沢会長」

俺は目の前に来た悪沢会長に挨拶をした。

その表情は真剣で、きっと他国のギルド所属の俺がこの国のキューブに入ったルール違反を指摘しに来たのだろう。

国際的な問題になるのだろうか。

すると事件を嗅ぎつけてキューブの周りで待機していた記者達が俺達のもとへと集まってくる。

俺と悪沢会長を囲って、２人の発言を待っていた。

「まずは、息子を救ってくれたこと。心から感謝します。本当にありがとう」

「……はい」

悪沢会長は頭を下げた。

それを記者達はパシャパシャという音と共に写真に収める。

ルールを破ろうが、さすがに自分の子供を助けたことには感謝する人のようだ。

「君がいなければ、彼らは全員死んでいたでしょう。君が助けた、ここにいる50名全員がです」

俺はその発言に少し驚いた。

感謝だけではなく、まるで記者達に説明するように、状況を話したからだ。

それはまるで俺を擁護するような発言だった。

だが、そこに一人の記者が質問を投げかける。

「天地灰さん。あなたは中国の闘神ギルドの一員です。我が国で攻略者として活動する資格はないはずですが、それについてはどうお考えでしょうか！」

それは至極まっとうな質問。

国からの要請もなく、他国に所属する覚醒者が自国内で武力を振るった。

決して許してはいけないルール違反であり、国際的な問題である。

これを許すのなら緊急という曖昧な状況説明で他国が自国内で武力を振るうことを許すことになる。

「それは……」

だから俺も言葉に詰まる。

それを見る田中さんが助け舟をだそうと間に入ろうとした瞬間だった。

「私が要請したのです。他でもないこの国の会長の私が。緊急事態でしたので、直接。手続きを飛ばして」

それは悪沢会長だった。

「え？」

俺は悪沢会長の発言を理解できなかった。

この人は俺のことを嫌っているはず、なのに俺をかばっている？

「悪沢会長が、日本が天地灰さんに要請したということでしょうか！」

「はい、その通りです。本来であれば米国に支援を依頼する内容ですが、今回は特殊だった。強ければいいという問題ではなく、彼の特別な力でなければどうにもならなかったでしょう。ですから私が、この状況を打破できるのは彼だと考え要請したのです。結果みんなが救われた。やはりその選択がベストだったと断言できます」

「追放した天地さんをお呼びしたと!?」

「それに関してはもう一度精査する必要があると考えており、現在調整中です。先日のレイナさんの証言により事情が変わってきておりますので。詳細は誰も知らなかったこと、致し方ない」

悪沢会長のはっきりした物言いに、記者達は頷《うなず》く。

彼らも状況は理解しており、異常をきたしたキューブ内に侵入することはできなかったことも知っていた。

だから俺の特別な力が必要だったのだろうと納得する。

「ありがとうございます、天地灰さん。要請に応じてくださって。あなたが来なければ全員死んでいた。本当にありがとう、私は、そしてこの国はあなたに恨まれるようなことをたくさんした。それでもあなたは来てくださった。この国の代表として心から感謝を」

悪沢会長が俺に握手を求める。

その目は真っすぐと俺を見つめている。

「……はい」

俺は思わずその手を握った。戦士の手ではない。

それでもその手は父の手ではあった。

悪沢《わるさわ》会長は、俺の目を見て頷く。

「詳細と謝礼は一度落ち着いてから正式に。それでは失礼します。天地灰さん」

そういって悪沢会長は頭を下げた。

その後ろで勇也も同じように頭を下げた。

まるで何事もなかったかのように、息を吐くように嘘をつく。

思っていることが一切口にも顔にも出ないそれは、間違いなく政治家のそれだった。

それでもその心は。

「はは、君の熱が伝播《でんぱ》したのかな……何か思うところがあったのかもしれないな。あの人も昔に色々あったからね」

それを見て田中《たなか》さんが少しだけ笑った。

「どうでしょう……でも」

俺は去っていく背中を見てなぜか少し笑ってしまった。

神の眼を持っても、結局人の内面なんて何も分からないんだなと気づく。

俺の中の悪沢会長の人物像は、ただの嫌な人で権力に執着する人。

でもきっと彼には彼なりの戦いがあって、理由ある行動だったのだろう。

正義の形が1つではないように、正解など誰にもわからないように。

あの人にはあの人なりの正義があったのかもしれない。

「悪沢会長！」

「……なんでしょうか？」

俺は大きな声で会長を呼ぶ。

その声に会長と息子の勇也君が振り返った。

「かっこいい息子さんですね!!」

俺は心から思ったことを言う。

凪《なぎ》を救った勇敢な子供、そしてその父親に。

なぜなら子は親を見て育つのだから。

俺の言葉の裏を理解したのか、振り向いていた悪沢会長は少しだけニヒルな笑顔を返す。

「ふっ……ええそうでしょう」

そして再度前を向き、背中越しに手を振って小さな声で俺に言う。

「私に似なくてよかったです」

最後まで天邪鬼《あまのじゃく》な答えを。

黒と白のキューブ事件として、今日の事件は世界中を駆け巡った。

歴史を調べると同様のことが過去に世界中で起きたことが判明する。

キューブ攻略を行うための大部隊が忽然《こつぜん》と姿を消したとされているケースはもしかしたらこれが原因だったのではないかと議論された。

今では30名を超えるような大部隊は編成されることなどないが、今後このようなことがない様にダンジョン攻略人数は20名までという規定が作られることとなる。

「凪……よかった。痛いとこは？　傷残ってないか？」

自宅に帰った俺は凪を抱きしめながら頭をなで続けた。

しつこいぐらいになで続けた。

よしよし、うーん、凪は可愛《かわい》いな。

「さすがにもういいかな。はい、時間ですんで、終わりです。先にシャワー浴びてきますね」

そういって凪が俺の腕から離れて行ってしまう。

これがお兄ちゃん離れなのか。さっきまでデレデレしてたのに、急に温度が下がったな。

お兄ちゃん、温度差で風邪ひくかと思ったぞ。

あの騒動の後、俺は事情だけ説明し解放され、今は自宅に凪と一緒にいる。

一応他国からの援軍であるということになり、その辺の細かいことは分からないが偉兄《ウェイにい》やハオさん、そして悪沢会長がうまくやったとのこと。

彩《あや》達とも別れ、凪もつかれているだろうということで今日は一旦家に帰った。

「じゃあ、凪。しっかり休むんだぞ」

「はーい」

凪がお風呂に入って休むというので、俺は俺で自分の部屋に戻り久しぶりのゆっくりした時間を過ごす。

俺も少し考えたいことがあるし。

「さてと……」

俺は自分のステータスを再度確認する。

あれからA級キューブを7回攻略した俺のステータスは。

名前：天地灰《あまち》
状態：良好
職業：覚醒騎士（雷）【覚醒】
スキル：神の眼、アクセス権限Lv2、ミラージュ、ライトニング
魔　力：951185

攻撃力：反映率▼50（＋30）％＝760948
防御力：反映率▼25（＋30）％＝523151
素早さ：反映率▼25（＋30）％＝523151
知　力：反映率▼50（＋30）％＝760948

装備
・龍王の白剣（アーティファクト）＝全反映率＋30％

「次でおそらく100万超え、超越者。今までの経験からすると多分真・覚醒になるための何かが起こると思うんだよな……」

それは勘でしかない。

でも今までの経験上、いきなり飛ばされたりするはずだから覚悟したほうがいいだろう。

といっても何ができるのかと言われると食料を持っていくぐらいのものか。

それよりも今悩むことはこの2つ。

「このチケットだよな……」

それはA級ダンジョンを攻略して手に入れたチケット。

特殊スキル獲得チケット、2枚目はもらえなかったので1枚しかない。

淡く白光を放つ真っ白なチケット。

このチケットのステータスは。

属性：アイテム
名称：特殊スキル獲得チケット
入手難易度：S
効果：特殊なスキルを1つ獲得する。
説明：破ることで使用可能。

「特殊なスキルかぁ……」

それはスキルがもらえるという破格の性能のアイテムだった。

例えば隠密《おんみつ》や、挑発、ファイアーボールなんかがもらえるということだろうか。

正直滅茶苦茶美味《めちゃくちゃおい》しい、それに特殊！　もしかしたらライトニング並みのすごいスキルがもらえるのだろうか。

「悩んでても仕方ないか……」

俺はチケットを握りながら、眼《め》を閉じる。

鬼が出るか蛇が出るか、スキルが増えるんだ、損するということはないだろう。

「おりゃ!!」

俺はその白いチケットを思いっきり破る。

白色の光が粒子となって俺の体にまとわりつき吸い込まれていく。

「……終わりか？」

俺は自身のステータスを見た。

特に変わったことはないが、スキル欄に1つだけ見たことのないスキルが追加されていた。

「心会話？」

それは心会話と書かれたスキル。

俺はステータスの詳細を見る。

属性：スキル
名称：心会話
効果：言葉ではなく、心で会話できるようになる。
**　魔力を持つ対象にのみ使用可能。**
**　このスキルを発動させて書かれた文字は、触れるだけで理解できる。**

「……おぉ!?　これって!!」

俺が思い出すのは、あの石碑と脳に直接響くあの声。

神の試練と覚醒ダンジョンにあった石碑には全く読めない文字が彫られていた。

しかし触れた瞬間理解できた。おそらくこのスキルで書かれたものなのだろう。

そして、いつも無機質で脳に直接響き理解させられるあの声も、そしてあの黒い種族が話す言葉も。

「あれってこのスキルなのか？　ちょ、ちょっと試すか！」

俺は急いで凪の部屋に走っていく。

勢いよく扉を開けてしまった俺、思春期の妹に対する行動としては最低だった。

「凪！　ちょっといい——」

「うーん、少し下着きつくなってき……!?」

そこにはどうやら胸が大きくなってきて下着が入らなくなった妹がいた。

小学生のころからそういえば下着買いなおしてないもんな、うん、今度買ってあげよう。

欲しいものなんでも買ってあげよう、お兄ちゃんは金持ちだからな。

さて、いくら払えば許してもらえるか。

とりあえず、大きくなったな、凪。

「あ、あ、あ……」

プルプルと震える凪、前かがみで後ろ手で下着を外したポーズで固まる。

真っ赤な顔で、ア、アと言葉にならない声を出す。

「まて、えーっと？　おぉ、確かに凪の感情が言葉に乗って飛んでくる！　今の凪が言いたいことは」

「アホーー！！！」

「ぶへぇ!!」

俺は思いっきり殴られて、部屋を後にした。

A級の凪の一撃は俺じゃなきゃ首が折れてたな。


「はい、二度とノックせずに乙女の部屋に侵入しません。大変申し訳ございませんでした」

その後リビングで正座しながら、凪に精一杯謝った。

昔は一緒にお風呂にも入っていたような気がするが、さすがに中学生の妹にすることではない。

凪が俺の前で腰に手を当ててプンプンと怒っている。

怒っていても可愛いんだからやはり俺の妹は最高だな。

「もう、お兄ちゃん！　私は攻略対象じゃないんだから、そういうラッキースケベは彩さんとレイナさんにやってよね！」

「そうか、凪は対象じゃないのか。実は義理の妹設定が隠されている可能性は」

「残念ながらありません！　こんなに目元が似てるのに……で？　何か用事があったんじゃ？」

「そうそう、えーっとな」

俺はペンと紙を取り出し、絵を描く。

日本語ではなく落書きだが、スキルを発動させて魔力を込める。

その絵には俺の伝えたいものを込めて。

「なにそれ、牛？」

「ち、ちがうわ。この絵触ってみてくれ」

俺はその絵を凪《なぎ》に触らせる。

おそらくこのスキルの力なら理解できるはず。

「う、うそ⁉　これって……」

「あぁ！　わかったか！」

「嘘でしょ……これで、猫？」

「…………」

どうやらスキルは正しく効果があったようだ。

俺の心は若干傷ついたが心の試練を越えた俺はこの程度では揺るがない。

「これわざと分からないように描いたんだよね？」

「ガハッ!!」


心会話の力は本物のようだ。

あれから凪に英語で難しい単語を交ぜて話してもらったら俺でも理解できた。

英語は読むだけなら高校レベルまではできるが、話すとなると暗号のようだった。

だがこのスキルを使えば言語は理解できなくても、伝えたいことは伝わる。

もちろん高度なギャグなんかは多分理解できないが、それでも言いたいことは分かるし、俺の伝えたいことは伝わる。

この力があればアーノルドも止められたのかもしれない。

いや、あれは無理だな。

理解はできても言葉が通じないと言う感じだったし。

でも偉兄との会話もハオさんを通さなくていいと思うととてもスムーズになるはずだ。

通訳の人を毎回連れて行かなければならなかったのは大変にめんどくさかった。

「これ京都の人と会話したら皮肉を受け取れるようになるんだろうか……」

「言葉の裏を理解できるならもしかしたらいけるかもね。例えば……お兄ちゃんのバカ」

「!?　おぉ！　バカと言っているのにその言葉には好きという気持ちがのっているぞ！

これはツンデレ殺し!!」

「彩さんが爆死しそう……」

「なんで？」

「……なんでもない！」

「ん？　今察しろって意味？　何が？」

「なんかめんどくさいスキルだね」

「それは本気で思ってるのか……」

俺は言葉の裏を読む力を得てしまった。

今後は少し気を付けよう、この世界には知らなくていいことはたくさんあるはずだ。

基本的にはこのスキルはオフにしよう、オンオフできるのは助かるな。

「ありがとう、凪。じゃあおやすみ！」

いくつか試させてもらえたが時間も時間なので、今日は寝ることにする。

部屋に戻るとA級ダンジョンをソロ攻略した時の大量の魔力石が転がっている。

今は適当に転がしているが、１００個近くはあるから１００億近くの価値だ。

彩《あや》にアーティファクトにしてもらえれば今後くるかもしれない戦いの戦力になるだろう。

「製造工程……また……キスするのかな」

俺は沖縄の夜を思い出す。

思い出すだけで顔が赤くなるほどに濃厚な夜だった。

いや、密度がね、濃厚なキスという意味では……いや、そういう意味だな。

「したいけど……」

正直なところを話そう。

したい。

キスもしたいし、胸も触りたいし、彼女と色々したい。

彩はおそらく全部受け止めてくれる気がするし、あんなに綺麗《きれい》で可愛《かわい》い子に性欲が湧かない方がおかしいだろ。

なんか地味にMっぽい彩をちょっとエッチに虐《いじ》めたい気持ちが湧いてくる。

俺だってもう高校卒業の年、ただし童貞。

しかし、今この気持ちでやるわけにはいかないと俺のかけらは残っている理性が止めてくれる。

レイナと彩、2人の美少女。

レイナは昔からの憧れだし、正直ドタイプだ。

それにソフィアさんとの約束もあるし。

彩は言わずもがなだし。

「愛人なぁ……」

ふと凪の言葉を思い出す。

この国でそんなことは認められないし、別に海外だろうが認められないが。

「とりあえず……寝よ」

俺は結局のところ思考を放棄して眠りにつく。

でも俺は選ばなければいけない、そしてその時は迫っている。

その時俺はどうするんだろうか。

2人のうち、仮にどちらかを選ばなければならないとき。

俺は……。


翌日、10月も終わりに近づき、過ごしやすい気温になりつつある日本。

俺は彩から、今日AMSの治療法について世界的に発表するという連絡をもらった。

いよいよ、世界が変わるとき。

何百万人という人々が待ちに待った日がやってきた。

どれだけ世界にインパクトを与えるか、だがこれほどうれしいニュースもないだろう。

「灰《かい》さん……やっぱり私が発表するんですか？　もう灰さんでも……」

「いやいや、彩お願いします！」

俺と凪は約束していたデートとして買い物を楽しみ、その後龍《りゅう》園寺《えんじ》邸に向かった。

そこには景虎《かげとら》会長と彩がおり、今日の発表の最終準備をしていた。

レイナは超越者になって手に入れた新しい力を訓練する毎日らしく、今は訓練終わりのお風呂に入っている。

景虎会長は、もう会長ではないが俺はもう慣れてしまったので会長と呼び続けることにした。

「どうじゃ、あれから灰君。中国は」

「そうですね、といっても別に攻略しかしてませんが料理はおいしいですよ。あと偉兄《ウェイにい》は思った通りの人でした！」

「そうかそうか……ちなみにレイナとはどうじゃ？　恋仲になりそうなのか？」

「お、お爺《じい》ちゃん!?」

「そりゃレイナも儂《わし》の孫みたいなものじゃし、儂が親のようなもんじゃ。欲しいならちゃんと儂を通してからにしてもらわんとな!!」

景虎会長は、ガハハといつも通り大きな笑い声を出しながら俺の頭をなでる。

「彩もレイナも儂の大事な大事な孫じゃ。でも灰君なら儂は許したい。2人とも幸せにする気はないか？」

「え!?　えーっと……」

俺が言いよどむと、すかさず会長が俺の背中をバンバンと叩《たた》く。

「ガハハ、まぁ今はまだよい。まだまだみんな若いからな。焦るには早い。だが灰君、男は覚悟じゃぞ。そして」

直後景虎会長は俺の目を見て真剣に言う。

そして俺の胸をとんとんと叩きもう一度言う。

「灰君が戦う理由はなんなのか、もう一度見つめてみることじゃ、それが強さに繫《つな》がる。土壇場で判断が鈍らぬように、考えたくないことも考えなくてはな……では、行こうか、彩」

そういって彩と会長が2人で行ってしまう。

「……選ぶ……か」

会長の言葉を心で反芻《はんすう》する。

答えの出せない自問自答を繰り返す。

「とりあえず帰ろっか」

俺も凪と一緒に帰って、その放送を見ることにした。

途中買い物に行きたいと凪がいっていたので、先に用事を済ませる。

「レイナ、じゃあ俺と凪は帰るからね」

「え？　帰っちゃうの？」

お風呂場の扉越しに俺はレイナに声をかける。

そのレイナの甘えるような声に思わず反応しそうになるが、ぐっとこらえる。

シャワーの音とシルエットにドキドキする。

「ま、またくるから、じゃあね」

「うん……またね……」

（なんだろう、滅茶苦茶《めちゃくちゃ》後ろ髪をひかれる気分だ……）

レイナの気落ちしたような声を聞くとどうも俺は弱かった。

「い、一緒に見る？　彩の発表……それまで待たないとだけど」

「み、見る!!　すぐ出るからね!!　待っててね！」

「ゆっくりでいいよ、じゃあ客間で待ってるから」

俺は結局長居することになってしまった。

凪に謝らなければ、今日はこの後買い物に行ってから帰る予定だったのに。

「ふふ、別にいいよ。買い物ぐらい何時《いつ》でも」

「そうか？　ごめんな」

「お兄ちゃんって押しに弱いし、引きにも弱いよね。よわよわなの？　やーい、ざーこざーこ」

「うっ……」

確かに、レイナの悲しそうな声に俺は頼まれてもないのに残るという選択肢を取ってしまった。

残って欲しいと言われても多分残っただろうな、あれ？　俺意思が強いつもりだったけど実は優柔不断？

少しばかり自信を失いながらも俺は客間でレイナを待つ。

シャンプーのいい匂いを漂わせながらレイナが部屋着で入ってくる。

俺の座っているソファに座って、何も言わずに横にいる。

ただ横に座っているだけなのにドキドキする。

なのに落ち着く。

相反する感情が同居する。

この感情を恋と呼んでいいのだろうか、恋じゃないというのならいったいなんだっていうんだろうか。

「そうだ。レイナ。あの真覚醒スキルはどう？」

「うん、大分使えるようになった。私すごく強いよ……今ならアーノルドにも勝てるかも」

「そっか……さすが超越者。龍の島作戦で暴れる姿楽しみにしとくよ」

「うん、頑張る」

龍の島作戦は、今再度話が浮上している。

悪沢《わるさわ》会長がもう一度米国と中国に話をつけて再度作戦を開始しようとしているとのこと。

その時俺は中国側として戦うことになるのだろうか。

「あ、はじまったよ！」

そうこうしているうちに、彩の会見が始まる。

彩と景虎会長が2人、机に着き今日の重大発表の準備をしていた。

なぜこれほど仰々しいのかというと、正式に発表することで間違った治療法を乱立させないためらしい。

AMSは治療法が今までなかった病気として世界では知られている。

だがだからこそ、間違った治療方法がネットで探せばいくらでも見つかる。

水を大量に飲むことだったり、魔力の高い人の血を飲むだったり。

実際発症した人は藁《わら》にも縋《すが》る思いであらゆる治療法を試してしまっているらしい。

なぜ医者が治療法は無いといってもネットに書いてあったからと信じてしまうのか。

だからそういった治療法に紛れてしまわないように正式の場で、権威ある人――この場合は景虎元会長だな――が口頭で、映像として発表する必要があるとのこと。

実際発表するのは彩だけど。

「本日はお集まりいただきありがとうございます」

そして多くの記者、それこそ世界中の記者達に囲まれて彩が立ち上がる。

ビシッとスーツで決めて、その目は真剣そのもの。

まるでであった頃のお堅いお嬢様の表情で。

「今からAMSの治療方法について、発表させていただきます」

世界を蝕《むしば》む病の治療法を発表する。

「いよいよだね！」

「あぁ……」

俺は若干後ろめたい気持ちになる。

正直色々あって彩に頼んだが、これは重荷だったのではないだろうか。

世界中に注目されて、命の危険だってあるのではないだろうか。

面倒なことを押し付けてしまっただけなんじゃないだろうか。

「……」

俺はただ無言でその会見を見つめる。

「まずＡＭＳについてですが、体内の魔力がうまく溜《た》まらない病ということは周知の事実かと思います。今は専用の機器で他者の魔力を注入することで一時的に進行を遅らせるという対症療法がメインです。とはいえほとんど効果が見られません」

彩《あや》は現状の説明をする。

だが、この機器はとても高価で、しかも上位魔力の覚醒者が魔力を供給しなければならない。

だから滅茶苦茶費用が高く、俺のアルバイト代ではとても払えるような金額ではない。

そのせいで俺は国からの補助が手厚い攻略者になったのだから。

「ですが、今回発表する治療法は体内に魔力を供給するとともに、自然に魔力が溜まるようにすることができるものになります。それに使用するのが、これです」

そういって彩が取り出したのは。

「おい、あれって魔力石か!?」

「赤色……Ａ級の魔力石？」

「まさか魔物の力を使うのか」

記者達は彩が取り出した魔力石にざわつく。

Ａ級の赤色の魔力石はとても高価で、億は下らない。

それを治療に使うのか、まさかという声が上がっている。

「使用するのは、魔力石。ですがＡ級である必要はありません。詳しくはこちらの資料をご覧ください」

そういって彩がスライドを大きな画面に映す。

まるでプレゼンみたいだなと思ったが、そこには俺が彩に伝えたＡＭＳの治療方法が細かく、そしてわかりやすく記載されていた。

その資料に、記者達はおぉーという声を漏らし、頷《うなず》く。

直観的にとても分かりやすく、魔力石で魔力を供給するというのはすぐに受け入れられた。

それからスライドが次々とめくられ、数分ほどの説明が行われた。

「そして今この治療方法で助かった人が続々と増えています。実際に効果が確認され米国の研究機関からも副反応はないとの報告を受けています。これにより今日、ＡＭＳは不治の病から簡単に治療可能な病気となったのです。以上で説明を終わります」

そして彩の説明は終わり、記者達が立ち上がって拍手を送る。

世界中が彩に賛美を送り、アッシュ式と名付けられた治療法はこの日以降症状の重い患者から順番に人々を救っていく。

上位魔力石を集めることは難しいが、そもそも上位の魔力を持つ人は少ないため前の治療法と比べれば何とかなるだろう。

そして記者会見は何事もなく終わるかに思えた。

質疑応答の時間が始まる。

いくつかの質問のあと、一人の男が手を挙げた。

眼鏡をかけて、少し意地悪そうな男。

「質問よろしいでしょうか」

「どうぞ」

「龍園寺《りゆうえんじ》彩さんは、天地《あまち》灰《かい》と親しい関係であるとのことですが、それは本当でしょうか」

その質問に会場は少しざわつく。

「そ、それは個人的には祖父経由での知り合いです。彼はS級ですから」

「そうですか、私が調べた限りなんですがこの治療法が今日発表される前に世界で初めてAMSから目覚めた方がいるんですよ。天地凪《なぎ》。天地灰の妹さんなんですけどね」

その発言に少しざわついていた会場が、テレビ越しでも分かるように騒がしくなった。

「これはどういうことでしょうか。先ほど交友関係があると仰っていましたが、彼は色々と謎が多い。明かさなければならない部分があるのではないですか？　例えばこの術式の名前の由来とか」

それは彩のほんの少しの優しさで付けた名前。

表向きは粉末がまるで灰のようだからという由来で名付けたアッシュ式。

しかしその実態は、天地灰の灰という漢字をそのまま英語にしただけ。

俺達2人の関係を知らなければ考えもつかない連想ゲーム。

しかし2人の関係を知っていればすぐにわかってしまう名前の繋がり。

「そ、それは……」

「今日の質問は、ＡＭＳのことだけにしていただきたいが？」

その記者の発言に言いよどむ彩に、景虎《かげとら》会長がすぐにフォローを入れる。

だが、そんなことでは止まらない。

「いえ、関係あるでしょう。連日この国で騒ぎを起こすあのＳ級との関係はきっちり話していただかなくては。説明責任があるでしょう」

「ないじゃろ、そんなもの」

「彼が普通の人なら私も言いませんがね、しかし彼はこの国にとっては犯罪者であり追放者、加えて闘神ギルドの王偉《ワンウェイ》と義兄弟となった。これは国防の観点からも非常に重要です。我が国とあの国は歴史的にもね。そんな人が日本のトップだった景虎元会長のお孫さんと繋《つな》がっていたとなると説明していただかなければ納得いきませんよ、国民の皆さんもそう思っているはずです」

「さ、さきほども言った通り祖父経由での知り合いではありますが親しい間柄というわけでは……」

その彩の発言を待っていたかのように、記者はにやりと笑って彩の言葉を遮った。

「私これでも色々と調べましてね……龍園寺彩さんと天地灰さんの関係性を。ほら、皆さんこれをご覧ください」

そしてその記者は用意していた写真を周りに配りだし、それをカメラに向けて見せた。

そこには、かつて俺が初めて彩とショッピングモールに出掛けたときのまるでデートのような写真が映っている。

彩は精一杯のおしゃれをし、俺と一緒に楽しそうに歩いていた。

なんでそんなものがと思ったが、思い出した。

あの時滅神教《めつじんきょう》に襲われてギャラリーが俺達の写真をたくさん撮っていた。

おそらく騒ぎが終わり、2人でかえっているときも撮られていたのかもしれない。

それをSNSで上げた人がいたのか、この記者が集めたものなのかはわからないが。

「どうなんでしょうか、これでも親しくないと？　失礼ですが……恋人同士にも見えるようです。この写真を見て親しくないなどと言える人はいないと思いますがねぇ……随分と楽しそうにしていると私は思いましたが」

その記者のセクハラのような発言に、彩は顔を赤くする。

だがその赤い顔はいつもの恥ずかしがっていて可愛《かわい》い彩の顔ではなく、辱められている顔だった。

自分の秘めている思いを世界に向けてヘラヘラと話されるのはどれほど辛《つら》いことだろう。

「いい加減にせんか！」

景虎会長が、はっきりと大きな声で怒る。

その迫力はテレビ越しにも伝わって、記者達も拳神と呼ばれた景虎会長のプレッシャーに思わず後ろに倒れそうになる。

「で、ですが。はっきりさせるべきでしょう！　私は怯《ひる》みませんよ、恫喝《どうかつ》なんかじゃ!!　さぁ！　龍園寺彩さん！　天地灰とどういった関係なのか、なぜ灰という意味のアッシュ式と名付け、その妹を無許可で最初に救ったのか。さぁ！　発表していただきたい!!　実は男女の仲ではないのですか？」

だが、その記者もプライドなのか怯まない。

さらに大きな声で反撃する。

「あ、い、いえ……私と灰さんは……そんなのじゃ……」

彩は思わず涙を浮かべそうになっている。

声が震えているのが、俺にはわかった、うつむき力がない。

「灰さん？　ふむ……下の名前で呼び合う仲なんですね。少しずつボロが出始めたように見えますが」

「……」

彩は下を向いたまま。

他の記者達も嬉《うれ》しそうにその話を聞いている。

スクープだ、特ダネだ、視聴者が食いつくゴシップだと。

俺のせいだ、俺が全部彩にぶん投げて、面倒ごとを押し付けたからだ。

彩はそれでも俺を守ろうと、何も言わずにいてくれている。

そのせいで言い返せずにただ黙ってしまっている。

あの頃はまだ弱くてこの力を知られてはまずくて、だから俺は彩に重荷を背負わせた。

ほとんど無理やりに押し付けた。

全部俺のわがままだ。

だから、俺は立ち上がる。

もう俺は弱くないから、守ってもらう必要もないから。

だから。

バチッ！

◇

「さぁ、龍園寺彩さん！　天地灰との関係は一体どう――はぁ？」

その饒舌《じょうぜつ》に話していた記者は、言葉に詰まり声が裏返る。

それと同時に、他の記者も立ち上がり全員が驚愕《きょうがく》の声を上げた。

「「えぇぇぇ！！！」」

「え？　どうしま――」

彩がその記者達の反応に驚き、後ろを振り返ろうとする。

同時に、肩に乗った安心する大きな手の感覚ですべてに気付く。

振り返るとそこには。

「彩、ごめんね。俺が押し付けたせいで。こんなことになるとは思ってなかった。ごめん」

稲妻を纏《まと》った少年が立っていた。

灰は彩の影に瞬間移動した。

世界のカメラが向いているこの場所にライトニングを使って転移した。

記者達はその渦中の重要人物の登場に驚き、シャッターを鳴らす。

彩は驚き、会長は笑う。

「か、灰さん!?　なんで!!」

「ガハハ、そうじゃな、お前さんはそういう男じゃな。……もう思う通りやりなさい、灰君。もうお前さんを止めるものはおらん。止められるものもな」

「はい、話すことにします。会長のおかげで、みんなのおかげで、俺はもう守られるだけの存在じゃなくなりました。だから」

灰は彩が持っていたマイクを優しく手を握って受け取った。

彩はなすが儘《まま》にそれを手渡す。

そして、その記者達に言い放つ。

「驚かせてすみません、でも皆さん私に対して知りたいことが多そうでしたので。……初めまして、天地灰です。質問には私が直接答えます。では、先ほどの記者の方、今度は私に」

眼《め》を黄金色に輝かせ、少しばかりの怒りを魔力と雷に纏わせて。

「質問をどうぞ」

世界に向けて意思を伝える。

◇灰視点
俺は真っすぐとその記者に向けて言った。

そこに景虎会長が割り込み、一旦場を落ち着けようとする。

「私が本人がいたほうがいいだろうということで天地灰君を呼びました。予定には記載しておりませんが、良い機会ですのでどうぞ質問を」

いきなり現れてしまったが一応は正式の場なので、会長がフォローしてくれた。

こういうところは俺はダメだな、感情的に動いてしまう。

しかし景虎会長が俺を見て楽しそうにウィンクする。

どうやらこの状況を楽しんでいるようだし、とてもうれしそうだ。

彩《あや》は相変わらず真っ赤になっている。テレビで見た時よりも真っ赤でトマトみたいだ。

そんなに辱められたのか。

許せないぞ！

「彩、もう大丈夫だよ」

俺はもう一度彩を元気づけようと、話しかける。

「……あ、ありがとごじゃいましゅ」

「灰君、大丈夫。少しほっといてやってくれ、そろそろ爆発しそうじゃから」

「?……まぁ大丈夫ならよかったです」

俺はもう一度記者のほうを向く。

「で、では質問です！　この治療法についてですが！」

「私が魔力石に特効薬としての効果があると発見し、龍園寺彩さんが治療法として確立してくれました。ですが、私が全権利を彩さんに譲渡したため発表者は彩さんとなっています。私の妹がAMSから起きたのは、私が保護者として妹にこの治療法を試すことを熱望し、彩さんに頼んだからです」

その発言で、会場はまたざわつく。

つまり、AMSの治療法発見者は本当は俺だと言っているのだから。

「ど、どうやって見つけたと！　国家攻略者は能力開示の責任があるはずです！」

「私の力の1つとだけお伝えします。残念ながら私は日本ダンジョン協会を追放され、中国ギルドに所属しております。ですので日本のダンジョン協会に能力開示する責任はありませんね。知りたければ中国の闘神ギルドを通してください」

「なぁ!?」

「ガハハ、言いよるわ」

景虎会長が面白そうに笑っているが、記者は少し顔を赤くしている。

「わ、わかりました。ではAMSの特効薬については天地灰さんが見つけ、龍園寺彩さんが治療法を確立したと。これに関しては……大変喜ばしいことだと思います。で、では先ほどの写真は？　交友関係があると？」

　その記者は苦し紛れに先ほどの質問を繰り返した。

　今更俺と彩がどんな関係だろうが、意味はないと思うが。

「数か月前の事件を覚えていますか。滅神教《めつじんきょう》のフーウェンに彩さんが襲われた事件です。そのときフーウェンから助けたのが私でした。そこからプライベートでも親しくしているだけです。私が追放され、中国ギルドに所属する前からの付き合いなので、皆さんが思っているようなスパイ目的などではありません」

「では、男女の仲ではないと!?」

「ええ、私と彩さんは男女の仲ではありません。……いや、違うな。確かに今はまだお付き合いはしていません。でも」

　俺は途中で言い直す。はっきり言わないといけないと思ったから。

「私は彩さんに好意的な気持ちを持っています」

「ボンッ！」

　横で何かが爆発するような音がした。

　俺がそちらを見ると彩は赤すぎてもはやトマトみたいで。

「ぷ、ぷしゅーー……」

　頭から湯気が出そうなほどだった。

「ガハハ。どれ……ちとヒートアップしそうなので……」

そういうとそのまっすぐな言葉に怯んだ記者に景虎《かげとら》会長が妥協点を見つけ出す。

「今説明がありました通り、天地《あまち》灰《かい》君は特別な力を持っています。それこそ世界を変えるような、ですが私が保証します、彼は心優しい青年です。アーノルド・アルテウスを殴った事件も元をたどれば、レイナの洗脳されてしまった母を助けたいという人助けの精神から来ています。その精神に儂《わし》の孫である彩も救われました。そしてつい先日大きな事件があったでしょう。この国の将来を担う子供達、教員含め50名。その全員があわや死にかけるという事件が。それを救ったのも灰君です。彼の行動は確かにまだ幼く、直情的な部分があるのは否定できません。がまだ未成年、致し方ない部分もあるでしょう。ですがこれだけは断言します。彼がルールを破るとき、それはいつだって誰かを救うためだと。もう一度はっきり言いましょう。彼は心優しい青年です」

その会長の力強い言葉に、ヒートアップしていた会場の熱は一旦下がる。

そして記者もこれ以上は追及しても仕方ないと感じたのか。

「質問は以上です。熱くなってしまい申し訳ありませんでした」

頭を下げて質疑を終了した。

「一点追加で質問よろしいでしょうか」

すると別の記者が質問のために手を挙げる。

「先ほど、滅神教《めつじんきょう》に洗脳されたとありましたがそれは一体どういうことなのでしょうか、マインドコントロールとは別もののように感じましたが」

俺は会長を見る。会長が頷《うなず》いたので俺はその力のことを話すことにした。

これはＡＭＳ並みに世界にインパクトを与えることかもしれない、でも今なお苦しんでいる人がいるなら。

「滅神教《めつじんきょう》はおそらく、たった一人が作った組織です。なぜなら信徒達は全員スキルによって洗脳されているからです。決して抗《あらが》うことができない魔力の力によって」

「なぁ!?　そ、それは断言していいものですか!?」

今日一番のざわめきが会場に起こった。

今までスキルによるものなのか、マインドコントロールによるものなのかもよく分からないが、常軌を逸した行動をしてきた滅神教《めつじんきょう》。

その信徒達が自分の意思とは違い、強制的に操られていると俺が言ったからだ。

「信じられないかもしれません、ですがＡＭＳの治療方法を見つけた力で確認しました。私はこの力ゆえに滅神教《めつじんきょう》に狙われています。先日の日本襲撃もその一端です。皆さんが納得する形で証明することは残念ながらできませんが、そもそもスキルというものが何ひとつ科学的に証明できないのですから」

俺の発言に、衝撃を隠せない記者達。

だが、話のつじつまは全てあっている。

ＡＭＳの治療法を見つけた力ならば可能なのかもしれないという憶測と、滅神教《めつじんきょう》が天地灰に執着しているという事実。

「だから、私は滅神教《めつじんきょう》の大本を見つけ出し倒す。それはレイナさんとの約束でもあります。ソフィアさんを失ったあの日、私はレイナさんと約束しました、必ず大本を倒すと。アーノルドさんを殴ったのは、皆さんも知っているとおりアーノルドさんの回復阻害の力を消すためです。まだあの時はレイナの母、ソフィアさんの意識はあり、治癒をすれば助かる可能性があったからです。結局は間に合いませんでしたが。ですが操られている信徒達は、滅神教《めつじんきょう》の大本を倒すことですべてその洗脳から解放されます！」

「で、では！　今までのテロ行為はその大本一人が仕掛けたものだと!?」

「そうです。その理由まではわかりませんが、たった一人の犯罪者が仕掛けた攻撃です」

「なんてことだ……」

記者は力なく椅子に座り込んだ。

それからいくつかの質疑応答を行い、記者会見は終了した。

◇

その日明かされたのは世界を蝕《むしば》むＡＭＳの治療法、そして世界的犯罪組織滅神教《めつじんきょう》の事実。

間違いなく人類の頂点に名を連ねた一人、天地灰がその巨悪を倒すと言う意思表示。

波乱に満ちた記者会見は終わり、その事実は世界中を駆け巡る。

灰は特別な存在だということをこの日世界が知ることになる。

だが、それでも手出しできないのは、大英雄を兄にもち、最強の女性に愛され、そして自身もその頂点に名を連ねるほどの強者になったから。

今日の発言をもって、天地灰を擁護していたか細い流れは激流となって世論を動かす。

灰という人物を知るには十分だった記者会見を経て国民達は自分達が追放した存在が何だったのかを少しずつ理解する。

その大きな変化を生んだ記者会見。

時代は動き、世界は変わる。

だが、それは世界を巻き込む強大な闇という、うねりの始まりでしかなかった。

◇時刻は進み、翌日　早朝。特定災害指定区域『龍の島』
たった一人ローブの男が島に上陸する。

世界の情勢やパワーバランスなど、そんな些細《ささい》なことは気にも留めぬ巨悪がすでに動き出していた。

その目的はただ一人、ほんの数か月でめまぐるしい成長を遂げてしまった一人の少年。

神の眼を持つ神の騎士。

「天地灰……やはり神の眼を受け継ぎ、神の騎士となっていたか。……アテナめ、死してなお我らの邪魔をする。忌々しい白の神よ」

龍が闊歩《かっぽ》する島、世界で唯一人類が生存圏を手放した場所。

その島に一人のローブを被《かぶ》った存在が歩いている。

本来なら目が合うだけで怒り狂った龍達によって殺されるはず。

だが、龍達はまるで恐怖しているかのように、そのローブの男から離れていく。

自分達の支配者を見たかのように。

その島の中心、真っ黒なキューブを前にして男は用意した大量の魔力石を使って何かを唱える。

その魔力に当てられて黒のキューブは甲高い音と共に震えだし、島が揺れる。

次の瞬間、数えきれないほどの龍達がその封印の箱から外に出る。
１００、２００、いやそれ以上の数の龍達が次々とキューブから現れる。
その龍達はゆっくりと目的地へと進んでいく。

「さぁ、始めよう、白の一族の末裔《まつえい》よ。我ら黒の帝国と悠久の時を経て、今度こそ決着をつけようじゃないか！　今度もまた守れるかな？」

その目的地は。

「今は日本と名乗る白き神の国よ」

あとがき

まずは灰の世界、三巻までお手に取っていただき、また読んでいただきありがとうございます。

第三巻は、灰《かい》が一気に強くなり世界の強者になるお話でした。

もともとヒロインだった龍園寺《りゅうえんじ》彩《あや》（僕の作品は大体ツンデレお嬢様がヒロインになる傾向にある）に加えて、銀野《ぎんの》レイナというヒロインに焦点を合わせたお話でした。

ツンデレの彩、クーデレのレイナ。

大体この二つの軸でいつもお話を書くことが多いですね。やっぱり男なら可愛《かわい》いヒロイン二人に言い寄られて迷ってしまうのが夢です。

そして私が物語を作るうえで気を付けていることは、人の感情の動きです。

昨今は、出会って即惚《ほ》れるヒロインというのが多いのですが、やっぱり読者が惚れる主人公にヒロインも惚れてほしい。

ヒロインが惚れる瞬間は、読者も主人公に惚れる瞬間だ。と思っているからです。

どうですか、あなたは彩派ですか。レイナ派ですか？　選べない？　ならきっと灰の気持ちになれていると思います。

選べないですよね、僕も選べないです。なら二人とも幸せにしてくれよと願っています。

そしてついに灰はS級へと到達しました。

今まで不遇だった灰が、ＴＨＥ成り上がりのようなお話になれたのなら幸いです。

ですが、アーノルド、そして王偉《ワンウェイ》と、世界の頂点はまだ遠く霞《かすみ》がかってよく見えない。

それでも神の眼《め》ならばきっとその頂点も見えるはず。

これからも成長していく灰を応援よろしくお願いします。


そしていよいよ、滅神教《めつじんきょう》との決戦が始まります。

第四巻では、滅神教と世界の成り立ち、そして白と黒とはというお話が全て明かされる予定ですのでご期待ください。

神の試練編で現れた謎の騎士、ランスロットさんの登場ですね。彼は敵なのか、それとも味方なのか。


予定では、全五巻で完結する予定です（出せるかどうかはわかりませんが）。

ＷＥＢで読んでいただいていた読者の皆様には、お待たせせして申し訳ありません。

ですがきっと大団円になるように作っていければと思っております。

コミカライズ企画も進んでおり、おそらく今年の夏頃には漫画としての『灰の世界』も読んでいただけるのではないかなと思います。

諸々《もろもろ》ありますが、精いっぱい面白い話、そして胸が熱くなる話、感動するお話を届けたいと試行錯誤してまいりますのでどうかよろしくお願いいたします。

では、また第四巻のあとがきで会えることを願っております。KAZUでした。

灰の世界は神の眼で彩づく 3
～俺だけ見えるステータスで、最弱から最強へ駆け上がる～

発　　行　2024 年 3 月 25 日　初版第一刷発行

著　　者　KAZU
発 行 者　永田勝治
発 行 所　株式会社オーバーラップ
〒141-0031　東京都品川区西五反田 8-1-5
校正・DTP　株式会社鷗来堂
印刷・製本　大日本印刷株式会社

Printed in Japan　ISBN 978-4-8240-0760-5 C0193

作品のご感想、ファンレターをお待ちしています
あて先：〒141-0031　東京都品川区西五反田 8-1-5 五反田光和ビル 4 階　ライトノベル編集部
「KAZU」先生係／「まるまい」先生係

PC、スマホからWEBアンケートに答えてゲット!
★この書籍で使用しているイラストの『無料壁紙』
★さらに図書カード（1000円分）を毎月10名に抽選でプレゼント!

▶https://over-lap.co.jp/824007605
二次元バーコードまたはURLより本書へのアンケートにご協力ください。
オーバーラップ文庫公式HPのトップページからもアクセスいただけます。
※スマートフォンと PC からのアクセスにのみ対応しております。
※サイトへのアクセスや登録時に発生する通信費等はご負担ください。
※中学生以下の方は保護者の方の了承を得てから回答してください。

オーバーラップ文庫公式 HP ▶ https://over-lap.co.jp/lnv/

オーバーラップ文庫
異能学園の最強は
平穏に潜む
～規格外の怪物、
無能を演じ
学園を影から支配する～
その怪物――測定不能
最先端技術により異能を生徒に与える選英学園。雨森悠人はクラスメイトから馬鹿にされる最弱の能力者であった。しかし、とある事情で真の実力を隠しているようで――？　無能を演じる怪物が学園を影から支配する暗躍ファンタジー、開幕!
著 藍澤 建　イラスト へいろー
シリーズ好評発売中!!